HEINRICH VON KLEIST

AF891767

DIE MARQUISE VON O ...

(Nach einer wahren Begebenheit, deren Schauplatz vom Norden nach dem Süden verlegt wurde)

HAMBURGER LESEHEFTE VERLAG
HUSUM/NORDSEE

In M . . ., einer bedeutenden Stadt im oberen Italien, ließ die verwitwete Marquise von O . . ., eine Dame von vortrefflichem Ruf, und Mutter von mehreren wohlerzogenen Kindern, durch die Zeitungen bekannt machen: dass sie, ohne ihr Wissen, in andre Umstände gekommen sei, dass der Vater zu dem Kinde, das sie gebären würde, sich melden solle; und dass sie, aus Familienrücksichten, entschlossen wäre, ihn zu heiraten. Die Dame, die einen so sonderbaren, den Spott der Welt reizenden Schritt, beim Drang unabänderlicher Umstände, mit solcher Sicherheit tat, war die Tochter des Herrn von G . . ., Kommandanten der Zitadelle bei M . . . Sie hatte, vor ungefähr drei Jahren, ihren Gemahl, den Marquis von O . . ., dem sie auf das innigste und zärtlichste zugetan war, auf einer Reise verloren, die er, in Geschäften der Familie, nach Paris gemacht hatte. Auf Frau von G . . . s, ihrer würdigen Mutter, Wunsch, hatte sie, nach seinem Tode, den Landsitz verlassen, den sie bisher bei V . . . bewohnt hatte, und war, mit ihren beiden Kindern, in das Kommandantenhaus, zu ihrem Vater, zurückgekehrt. Hier hatte sie die nächsten Jahre mit Kunst, Lektüre, mit Erziehung, und ihrer Eltern Pflege beschäftigt, in der größten Eingezogenheit zugebracht: bis der . . . Krieg plötzlich die Gegend umher mit den Truppen fast aller Mächte und auch mit russischen erfüllte. Der Obrist von G . . ., welcher, den Platz zu verteidigen Order hatte, forderte seine Gemahlin und seine Tochter auf, sich auf das Landgut, entweder der Letzteren, oder seines Sohnes, das bei V . . . lag, zurückzuziehen. Doch ehe sich die Abschätzung noch, hier der Bedrängnisse, denen man in der Festung, dort der Gräuel, denen man auf dem platten Lande ausgesetzt sein konnte, auf der Waage der weiblichen Überlegung entschieden hatte: war die Zitadelle von den russischen Truppen schon berennt, und aufgefordert, sich zu ergeben. Der Obrist erklärte gegen seine Familie, dass er sich nunmehr verhalten würde, als ob sie nicht vorhanden wäre; und antwortete mit Kugeln und Granaten. Der Feind, seinerseits, bombardierte die Zitadelle. Er steckte die Magazine in Brand, eroberte ein Außenwerk, und als der Kommandant, nach einer nochmaligen Aufforderung, mit der Übergabe zauderte, so ordnete er einen nächtlichen Überfall an, und eroberte die Festung mit Sturm.

Eben als die russischen Truppen, unter einem heftigen Haubitzenspiel, von außen eindrangen, fing der linke Flügel des Kommandantenhauses Feuer und nötigte die Frauen, ihn zu verlassen. Die Obristin, indem sie der Tochter, die mit den Kindern die Treppe hinabfloh, nacheilte, rief, dass man zusammenbleiben, und sich in die unteren Gewölbe flüchten möchte; doch eine Granate, die, eben in diesem Augenblicke, in dem Hause zerplatzte, vollendete die gänzliche Verwirrung in demselben. Die Marquise kam, mit ihren beiden Kindern, auf den Vorplatz des Schlosses, wo die Schüsse schon, im heftigsten Kampf, durch die Nacht blitzten, und sie, besinnungslos, wohin sie sich wenden solle, wieder in das brennende Gebäude zurückjagten. Hier, unglücklicher Weise, begegnete ihr, da sie eben durch die Hintertür entschlüpfen wollte, ein Trupp feindlicher Scharfschützen, der, bei ihrem Anblick, plötzlich still ward, die Gewehre über die Schultern hing, und sie, unter abscheulichen Gebärden, mit sich fortführte. Vergebens rief die Marquise, von der entsetzlichen, sich unter einander selbst bekämpfenden, Rotte bald hier, bald dorthin gezerrt, ihre zitternden, durch die Pforte zurückfliehenden Frauen, zu Hülfe. Man schleppte sie in den hinteren Schlosshof, wo sie eben, unter den schändlichsten Misshandlungen, zu Boden sinken wollte, als, von dem Zetergeschrei der Dame herbeigerufen, ein russischer Offizier erschien, und die Hunde, die nach solchem Raub lüstern waren, mit wütenden Hieben zerstreute. Der Marquise schien er ein Engel des Himmels zu sein. Er stieß noch dem letzten viehischen Mordknecht, der ihren schlanken Leib umfasst hielt, mit dem Griff des Degens ins Gesicht, dass er, mit aus dem Mund vorquellendem Blut, zurücktaumelte; bot dann der Dame, unter einer verbindlichen, französischen Anrede den Arm, und führte sie, die von allen solchen Auftritten sprachlos war, in den anderen, von der Flamme noch nicht ergriffenen, Flügel des Palastes, wo sie auch völlig bewusstlos niedersank. Hier – traf er, da bald darauf ihre erschrockenen Frauen erschienen, Anstalten, einen Arzt zu rufen; versicherte, indem er sich den Hut aufsetzte, dass sie sich bald erholen würde; und kehrte in den Kampf zurück.

Der Platz war in kurzer Zeit völlig erobert, und der Kommandant, der sich nur noch wehrte, weil man ihm keinen Pardon geben wollte, zog sich eben mit sinkenden Kräften nach dem Portal des Hauses zurück, als der russische Offizier, sehr erhitzt im Gesicht, aus demselben hervortrat, und ihm zurief, sich zu ergeben. Der Kommandant antwortete, dass er auf diese Aufforderung nur gewartet habe, reichte ihm seinen Degen dar, und bat sich die Erlaubnis aus, sich ins Schloss begeben, und nach seiner Familie umsehen zu dürfen. Der russische Offizier, der, nach der Rolle zu urteilen, die er spielte, einer der Anführer des Sturms zu sein schien, gab ihm, unter Begleitung einer Wache, diese Freiheit; setzte sich, mit einiger Eilfertigkeit, an die Spitze eines Detachements, entschied, wo er noch zweifelhaft sein mochte, den Kampf, und bemannte schleunigst die festen Punkte des Forts. Bald darauf kehrte er auf den Waffenplatz zurück, gab Befehl, der Flamme, welche wütend um sich zu greifen anfing, Einhalt zu tun, und leistete selbst hierbei Wunder der Anstrengung, als man seine Befehle nicht mit dem gehörigen Eifer befolgte. Bald kletterte er, den Schlauch in der Hand, mitten unter brennenden Giebeln umher, und regierte den Wasserstrahl; bald steckte er, die Naturen der Asiaten mit Schaudern erfüllend, in den Arsenälen, und wälzte Pulverfässer und gefüllte Bomben heraus. Der Kommandant, der inzwischen in das Haus getreten war, geriet auf die Nachricht von dem Unfall, der die Marquise betroffen hatte, in die äußerste Bestürzung. Die Marquise, die sich schon völlig, ohne Beihülfe des Arztes, wie der russische Offizier vorher gesagt hatte, aus ihrer Ohnmacht wieder erholt hatte, und bei der Freude, alle die Ihrigen gesund und wohl zu sehen, nur noch, um die übermäßige Sorge derselben zu beschwichtigen, das Bett hütete, versicherte ihn, dass sie keinen andern Wunsch habe, als aufstehen zu dürfen, um ihrem Retter ihre Dankbarkeit zu bezeugen. Sie wusste schon, dass er der Graf F . . ., Obristlieutenant vom t . . . n Jägerkorps, und Ritter eines Verdienst- und mehrerer anderen Orden war. Sie bat ihren Vater, ihn inständigst zu ersuchen, dass er die Zitadelle nicht verlasse, ohne sich einen Augenblick im Schloss gezeigt zu haben. Der Kommandant, der das Gefühl seiner Tochter ehrte, kehrte auch ungesäumt in das Fort zurück, und trug ihm, da er unter unaufhörlichen Kriegsanordnungen umherschweifte, und keine bessere Gelegenheit zu finden war, auf den Wällen, wo er eben die zerschossenen Rotten revidierte, den Wunsch seiner gerührten Tochter vor. Der Graf versicherte ihn, dass er nur auf den Augenblick warte, den er seinen Geschäften würde abmüßigen können, um ihr seine Ehrerbietigkeit zu bezeugen. Er wollte noch hören, wie sich die Frau Marquise befinde? als ihn die Rapporte mehrer Offiziere schon wieder in das Gewühl des Krieges zurückrissen. Als der Tag anbrach, erschien der Befehlshaber der russischen Truppen, und besichtigte das Fort. Er bezeugte dem Kommandanten seine Hochachtung, bedauerte, dass das Glück seinen Mut nicht besser unterstützt habe, und gab ihm, auf sein Ehrenwort, die Freiheit, sich hinzubegeben, wohin er wolle. Der Kommandant versicherte ihn seiner Dankbarkeit, und äußerte, wie viel er, an diesem Tage, den Russen überhaupt, und besonders dem jungen Grafen F . . ., Obristlieutenant vom t . . . n Jägerkorps, schuldig geworden sei. Der General fragte, was vorgefallen sei; und als man ihn von dem frevelhaften Anschlag auf die Tochter desselben unterrichtete, zeigte er sich auf das Äußerste entrüstet. Er rief den Grafen F . . . bei Namen vor. Nachdem er ihm zuvörderst wegen seines eignen edelmütigen Verhaltens eine kurze Lobrede gehalten hatte: wobei der Graf über das ganze Gesicht rot ward; schloss er, dass er die Schandkerle, die den Namen des Kaisers brandmarkten, niederschießen lassen wolle; und befahl ihm, zu sagen, wer sie seien? Der Graf F... antwortete, in einer verwirrten Rede, dass er nicht im Stande sei, ihre Namen anzugeben, indem es ihm, bei dem schwachen Schimmer der Reverberen im Schlosshof, unmöglich gewesen wäre, ihre Gesichter zu erkennen. Der General, welcher gehört hatte, dass damals schon das Schloss in Flammen stand, wunderte sich darüber; er bemerkte, wie man wohl bekannte Leute in der Nacht an ihren Stimmen erkennen könnte; und gab ihm, da er mit einem verlegenen Gesicht die Achseln zuckte, auf, der Sache auf das Allereifrigste und Strengste nachzuspüren. In diesem Augenblick berichtete jemand, der sich aus dem hintern Kreise hervordrängte, dass einer von den, durch den Grafen F... verwundeten, Frevlern, da er in dem Korridor niedergesunken, von den Leuten des Kommandanten in ein Behältnis geschleppt worden, und darin noch befindlich sei. Der General ließ diesen hierauf durch eine Wache herbeiführen, ein kurzes Verhör über ihn halten; und die ganze Rotte, nachdem jener sie genannt hatte, fünf an der Zahl zusammen, erschießen. Dies abgemacht, gab der General, nach Zurücklassung einer kleinen Besatzung, Befehl zum allgemeinen Aufbruch der übrigen Truppen; die Offiziere zerstreuten sich eiligst zu ihren Korps; der Graf trat, durch die Verwirrung der Auseinander-Eilenden, zum Kommandanten, und bedauerte, dass er sich der Frau Marquise, unter diesen Umständen, gehorsamst empfehlen müsse: und in weniger, als einer Stunde, war das ganze Fort von Russen wieder leer.

Die Familie dachte nun darauf, wie sie in der Zukunft eine Gelegenheit finden würde, dem Grafen irgendeine Äußerung ihrer Dankbarkeit zu geben; doch wie groß war ihr Schrecken, als sie erfuhr, dass derselbe noch am Tage seines Aufbruchs aus dem Fort, in einem Gefecht mit den feindlichen Truppen, seinen Tod gefunden habe. Der Kurier, der diese Nachricht nach M... brachte, hatte ihn mit eignen Augen, tödlich durch die Brust geschossen, nach P... tragen sehen, wo er, wie man sichere Nachricht hatte, in dem Augenblick, da ihn die Träger von den Schultern nehmen wollten, verblichen war. Der Kommandant, der sich selbst auf das Posthaus verfügte, und sich nach den näheren Umständen dieses Vorfalls erkundigte, erfuhr noch, dass er auf dem Schlachtfeld, in dem Moment, da ihn der Schuss traf, gerufen habe: „Julietta! Diese Kugel rächt dich!" und nachher seine Lippen auf immer geschlossen hätte. Die Marquise war untröstlich, dass sie die Gelegenheit hatte vorbeigehen lassen, sich zu seinen Füßen zu werfen. Sie machte sich die lebhaftesten Vorwürfe, dass sie ihn, bei seiner, vielleicht aus Bescheidenheit, wie sie meinte, herrührenden Weigerung, im Schlosse zu erscheinen, nicht selbst aufgesucht habe; bedauerte die Unglückliche, ihre Namensschwester, an die er noch im Tode gedacht hatte; bemühte sich vergebens, ihren Aufenthalt zu erforschen, um sie von diesem unglücklichen und rührenden Vorfall zu unterrichten; und mehrere Monden vergingen, ehe sie selbst ihn vergessen konnte.

Die Familie musste nun das Kommandantenhaus räumen, um dem russischen Befehlshaber darin Platz zu machen. Man überlegte anfangs, ob man sich nicht auf die Güter des Kommandanten begeben sollte, wozu die Marquise einen großen Hang hatte; doch da der Obrist das Landleben nicht liebte, so bezog die Familie ein Haus in der Stadt, und richtete sich dasselbe zu einer immer währenden Wohnung ein. Alles kehrte nun in die alte Ordnung der Dinge zurück. Die Marquise knüpfte den lange unterbrochenen Unterricht ihrer Kinder wieder an, und suchte, für die Feierstunden, ihre Staffelei und Bücher hervor: als sie sich, sonst die Göttin der Gesundheit selbst, von wiederholten Unpässlichkeiten befallen fühlte, die sie ganze Wochen lang, für die Gesellschaft untauglich machten. Sie litt an Übelkeiten, Schwindeln und Ohnmachten, und wusste nicht, was sie aus diesem sonderbaren Zustand machen solle. Eines Morgens, da die Familie beim Tee saß, und der Vater sich, auf einen Augenblick, aus dem Zimmer entfernt hatte, sagte die Marquise, aus einer langen Gedankenlosigkeit erwachend, zu ihrer Mutter: wenn mir eine Frau sagte, dass sie ein Gefühl hätte, ebenso, wie ich jetzt, da ich die Tasse ergriff, so würde ich bei mir denken, dass sie in gesegneten Leibesumständen wäre. Frau von G . . . sagte, sie verstände sie nicht. Die Marquise erklärte sich noch einmal, dass sie eben jetzt eine Sensation gehabt hätte, wie damals, als sie mit ihrer zweiten Tochter schwanger war. Frau von G . . . sagte, sie würde vielleicht den Phantasus gebären, und lachte. Morpheus wenigstens, versetzte die Marquise, oder einer der Träume aus seinem Gefolge, würde sein Vater sein; und scherzte gleichfalls. Doch der Obrist kam, das Gespräch ward abgebrochen, und der ganze Gegenstand, da die Marquise sich in einigen Tagen wieder erholte, vergessen.

Bald darauf ward der Familie, eben zu einer Zeit, da sich auch der Forstmeister von G . . ., des Kommandanten Sohn, in dem Hause eingefunden hatte, der sonderbare Schrecken, durch einen Kammerdiener, der ins Zimmer trat, den Grafen F . . . anmelden zu hören. Der Graf F . . ! sagte der Vater und die Tochter zugleich;

und das Erstaunen machte alle sprachlos. Der Kammerdiener versicherte, dass er recht gesehen und gehört habe, und dass der Graf schon im Vorzimmer stehe, und warte. Der Kommandant sprang sogleich selbst auf, ihm zu öffnen, worauf er, schön, wie ein junger Gott, ein wenig bleich im Gesicht, eintrat. Nachdem die Szene unbegreiflicher Verwunderung vorüber war, und der Graf, auf die Anschuldigung der Eltern, dass er ja tot sei, versichert hatte, dass er lebe; wandte er sich, mit vieler Rührung im Gesicht, zur Tochter, und seine erste Frage war gleich, wie sie sich befinde? Die Marquise versicherte, sehr wohl, und wollte nur wissen, wie *er* ins Leben erstanden sei? Doch *er*, auf seinem Gegenstand beharrend, erwiderte: dass sie ihm nicht die Wahrheit sage; auf ihrem Antlitz drücke sich eine seltsame Mattigkeit aus; ihn müsse alles trügen, oder sei sie unpässlich, und leide. Die Marquise, durch die Herzlichkeit, womit er dies vorbrachte, gut gestimmt, versetzte: nun ja; diese Mattigkeit, wenn er wolle, könne für die Spur einer Kränklichkeit gelten, an welcher sie vor einigen Wochen gelitten hätte; sie fürchte inzwischen nicht, dass diese weiter von Folgen sein würde. Worauf er, mit einer aufflammenden Freude, erwiderte: er auch nicht! und hinzusetzte, ob sie ihn heiraten wolle? Die Marquise wusste nicht, was sie von dieser Aufführung denken solle. Sie sah, über und über rot, ihre Mutter, und diese, mit Verlegenheit, den Sohn und den Vater an; während der Graf vor die Marquise trat, und indem er ihre Hand nahm, als ob er sie küssen wollte, wiederholte: ob sie ihn verstanden hätte? Der Kommandant sagte: ob er nicht Platz nehmen wolle; und setzte ihm, auf eine verbindliche, obschon etwas ernsthafte, Art einen Stuhl hin. Die Obristin sprach: in der Tat, wir werden glauben, dass Sie ein Geist sind, bis Sie uns werden eröffnet haben, wie Sie aus dem Grabe, in welches man Sie zu P . . . gelegt hatte, erstanden sind. Der Graf setzte sich, indem er die Hand der Dame fahren ließ, nieder, und sagte, dass er, durch die Umstände gezwungen, sich sehr kurz fassen müsse; dass er, tödlich durch die Brust geschossen, nach P . . . gebracht worden wäre; dass er mehrere Monate daselbst an seinem Leben verzweifelt hätte; dass währenddessen die Frau Marquise sein einziger Gedanke gewesen wäre; dass er die Lust und den Schmerz nicht beschreiben könnte, die sich in dieser Vorstellung umarmt hätten; dass er endlich, nach seiner Wiederherstellung, wieder zur Armee gegangen wäre; dass er daselbst die lebhafteste Unruhe empfunden hätte; dass er mehrere Male die Feder ergriffen, um in einem Briefe, an den Herrn Obristen und die Frau Marquise, seinem Herzen Luft zu machen; dass er plötzlich mit Depeschen nach Neapel geschickt worden wäre; dass er nicht wisse, ob er nicht von dort weiter nach Konstantinopel werde abgeordert werden; dass er vielleicht gar nach St. Petersburg werde gehen müssen; dass ihm inzwischen unmöglich wäre, länger zu leben, ohne über eine notwendige Forderung seiner Seele ins Reine zu sein; dass er dem Drang bei seiner Durchreise durch M . . ., einige Schritte zu diesem Zweck zu tun, nicht habe widerstehen können; kurz, dass er den Wunsch hege, mit der Hand der Frau Marquise beglückt zu werden, und dass er auf das ehrfurchtsvollste, inständigste und dringendste bitte, sich ihm hierüber gütig zu erklären. – Der Kommandant, nach einer langen Pause, erwiderte: dass ihm dieser Antrag zwar, wenn er, wie er nicht zweifle, ernsthaft gemeint sei, sehr schmeichelhaft wäre. Bei dem Tode ihres Gemahls, des Marquis von O . . ., hätte sich seine Tochter aber entschlossen, in keine zweite Vermählung einzugehen. Da ihr jedoch kürzlich von ihm eine so große Verbindlichkeit auferlegt worden sei: so wäre es nicht unmöglich, dass ihr Entschluss dadurch, seinen Wünschen gemäß, eine Abänderung erleide; er bitte sich inzwischen die Erlaubnis für sie aus, darüber im Stillen während einiger Zeit nachdenken zu dürfen. Der Graf versicherte, dass diese gütige Erklärung zwar alle seine Hoffnungen befriedige; dass sie ihn, unter anderen Umständen, auch völlig beglücken würde; dass er die ganze Unschicklichkeit fühle, sich mit derselben nicht zu beruhigen: dass dringende Verhältnisse jedoch, über welche er sich näher auszulassen nicht im Stande sei, ihm eine bestimmtere Erklärung äußerst wünschenswert machten; dass die Pferde, die ihn nach Neapel tragen sollten, vor seinem Wagen stünden; und dass er inständigst bitte, wenn irgendetwas in diesem Hause günstig für ihn spreche, – wobei er die Marquise ansah – ihn nicht, ohne eine gütige Äußerung darüber, abreisen zu lassen. Der Obrist, durch diese Aufführung ein wenig betreten, antwortete, dass die Dankbarkeit, die die Marquise für ihn empfände, ihn zwar zu großen Voraussetzungen berechtige: doch nicht zu so großen; sie werde bei einem Schritte, bei welchem es das Glück ihres Lebens gelte, nicht ohne die gehörige Klugheit verfahren. Es wäre unerlasslich, dass seiner Tochter, bevor sie sich erkläre, das Glück seiner näheren Bekanntschaft würde. Er lade ihn ein, nach Vollendung seiner Geschäftsreise, nach M . . . zurückzukehren, und auf einige Zeit der Gast seines Hauses zu sein. Wenn alsdann die Frau Marquise hoffen könne, durch ihn glücklich zu werden, so werde auch er, eher aber nicht, mit Freuden vernehmen, dass sie ihm eine bestimmte Antwort gegeben habe. Der Graf äußerte, indem ihm eine Röte ins Gesicht stieg, dass er seinen ungeduldigen Wünschen, während seiner ganzen Reise, dies Schicksal vorausgesagt habe; dass er sich inzwischen dadurch in die äußerste Bekümmernis gestürzt sehe; dass ihm, bei der ungünstigen Rolle, die er eben jetzt zu spielen gezwungen sei, eine nähere Bekanntschaft nicht anders als vorteilhaft sein könne; dass er für seinen Ruf, wenn anders diese zweideutigste aller Eigenschaften in Erwägung gezogen werden solle, einstehen zu dürfen glaube; dass die einzige nichtswürdige Handlung, die er in seinem Leben begangen hätte, der Welt unbekannt, und er schon im Begriff sei, sie wieder gutzumachen; dass er, mit einem Wort, ein ehrlicher Mann sei, und die Versicherung anzunehmen bitte, dass diese Versicherung wahrhaftig sei. – Der Kommandant erwiderte, indem er ein wenig, obschon ohne Ironie, lächelte, dass er alle diese Äußerungen unterschreibe. Noch hätte er keines jungen Mannes Bekanntschaft gemacht, der, in so kurzer Zeit, so viele vortreffliche Eigenschaften des Charakters entwickelt hätte. Er glaube fast, dass eine kurze Bedenkzeit die Unschlüssigkeit, die noch obwalte, heben würde; bevor er jedoch Rücksprache genommen hätte, mit seiner sowohl, als des Herrn Grafen Familie, könne keine andere Erklärung, als die gegebene, erfolgen. Hierauf äußerte der Graf, dass er ohne Eltern und frei sei. Sein Onkel sei der General K . . ., für dessen Einwilligung er stehe. Er setzte hinzu, dass er Herr eines ansehnlichen Vermögens wäre, und sich würde entschließen können, Italien zu seinem Vaterlande zu machen. – Der Kommandant machte ihm eine verbindliche Verbeugung, erklärte seinen Willen noch einmal; und bat ihn, bis nach vollendeter Reise, von dieser Sache abzubrechen. Der Graf, nach einer kurzen Pause, in welcher er alle Merkmale der größten Unruhe gegeben hatte, sagte, indem er sich zur Mutter wandte, dass er sein Äußerstes getan hätte, um dieser Geschäftsreise auszuweichen; dass die Schritte, die er deshalb beim General en Chef, und dem General K . . ., seinem Onkel, gewagt hätte, die entscheidendsten gewesen wären, die sich hätten tun lassen; dass man aber geglaubt hätte, ihn dadurch aus einer Schwermut aufzurütteln, die ihm von seiner Krankheit noch zurückgeblieben wäre; und dass er sich jetzt völlig dadurch ins Elend gestürzt sehe. – Die Familie wusste nicht, was sie zu dieser Äußerung sagen sollte. Der Graf fuhr fort, indem er sich die Stirn rieb, dass wenn irgend Hoffnung wäre, dem Ziele seiner Wünsche dadurch näher zu kommen, er seine Reise auf einen Tag, auch wohl noch etwas darüber, aussetzen würde, um es zu versuchen. – Hierbei sah er, nach der Reihe, den Kommandanten, die Marquise und die Mutter an. Der Kommandant blickte missvergnügt vor sich nieder, und antwortete ihm nicht. Die Obristin sagte: Gehn Sie, gehn Sie, Herr Graf; reisen Sie nach Neapel; schenken Sie uns, wenn Sie wiederkehren, auf einige Zeit das Glück Ihrer Gegenwart; so wird sich das Übrige finden. – Der Graf saß einen Augenblick, und schien zu suchen, was er zu tun habe. Drauf, indem er sich erhob, und seinen Stuhl wegsetzte: da er die Hoffnungen, sprach er, mit denen er in dies Haus getreten sei, als übereilt erkennen müsse, und die Familie, wie er nicht missbillige, auf eine nähere Bekanntschaft bestehe: so werde er seine Depeschen, zu einer anderweitigen Expedition, nach Z . . ., in das Hauptquartier, zurückschicken, und das gütige Anerbieten, der Gast dieses Hauses zu sein, auf einige Wochen annehmen. Worauf er noch, den Stuhl in der Hand, an der Wand stehend, einen Augenblick verharrte, und den Kommandanten ansah. Der Kommandant versetzte, dass es ihm äußerst Leid tun würde, wenn die Leidenschaft, die er zu seiner Tochter gefasst zu haben scheine, ihm Unannehmlichkeiten von der ernsthaftesten Art zuzöge: dass er indessen wissen müsse, was er zu tun und zu lassen habe, die Depeschen abschicken, und die für ihn bestimmten Zimmer beziehen möchte. Man sah ihn bei diesen Worten sich entfärben, der Mutter ehrerbietig die Hand küssen, sich gegen die Übrigen verneigen und sich entfernen.

Als er das Zimmer verlassen hatte, wusste die Familie nicht, was sie aus dieser Erscheinung machen solle. Die Mutter sagte, es wäre wohl nicht möglich, dass er Depeschen, mit denen er nach Neapel ginge, nach Z . . . zurückschicken wolle, bloß, weil es ihm nicht gelungen wäre, auf seiner Durchreise durch M . . ., in einer fünf Minuten langen Unterredung, von einer ihm ganz unbekannten Dame ein Jawort zu erhalten. Der Forstmeister äußerte, dass eine so leichtsinnige Tat ja mit nichts Geringerem, als Festungsarrest, bestraft werden würde! Und Kassation obenein, setzte der Kommandant hinzu. Es habe aber damit keine Gefahr, fuhr er fort. Es sei ein bloßer Schreckschuss beim Sturm; er werde sich wohl noch, ehe er die Depeschen abgeschickt, wieder besinnen. Die Mutter, als sie von dieser Gefahr unterrichtet ward, äußerte die lebhafteste Besorgnis, dass er sie abschicken werde. Sein heftiger, auf einen Punkt hintreibender Wille, meinte sie, scheine ihr grade einer solchen Tat fähig. Sie bat den Forstmeister auf das Dringendste, ihm sogleich nachzugehen, und ihn von einer so unglückdrohenden Handlung abzuhalten. Der Forstmeister erwiderte, dass ein solcher Schritt gerade das Gegenteil bewirken, und ihn nur in der Hoffnung, durch seine Kriegslist zu siegen, bestärken würde. Die Marquise war derselben Meinung, obschon sie versicherte, dass ohne ihn die Absendung der Depeschen unfehlbar erfolgen würde, indem er lieber werde unglücklich werden, als sich eine

Blöße geben wollen. Alle kamen darin überein, dass sein Betragen sehr sonderbar sei, und dass er Damenherzen durch Anlauf, wie Festungen, zu erobern gewohnt scheine. In diesem Augenblick bemerkte der Kommandant den angespannten Wagen des Grafen vor seiner Tür. Er rief die Familie ans Fenster, und fragte einen eben eintretenden Bedienten, erstaunt, ob der Graf noch im Hause sei? Der Bediente antwortete, dass er unten, in der Domestikenstube, in Gesellschaft eines Adjutanten, Briefe schreibe und Pakete versiegle. Der Kommandant, der seine Bestürzung unterdrückte, eilte mit dem Forstmeister hinunter, und fragte den Grafen, da er ihn auf dazu nicht schicklichen Tischen seine Geschäfte betreiben sah, ob er nicht in seine Zimmer treten wolle? Und ob er sonst irgendetwas befehle? Der Graf erwiderte, indem er mit Eilfertigkeit fortschrieb, dass er untertänigst danke, und dass sein Geschäft abgemacht sei; fragte noch, indem er den Brief zusiegelte, nach der Uhr; und wünschte dem Adjutanten, nachdem er ihm das ganze Portefeuille übergeben hatte, eine glückliche Reise. Der Kommandant, der seinen Augen nicht traute, sagte, indem der Adjutant zum Hause hinausging: Herr Graf, wenn Sie nicht sehr wichtige Gründe haben – Entscheidende! fiel ihm der Graf ins Wort; begleitete den Adjutanten zum Wagen, und öffnete ihm die Tür. In diesem Fall würde ich wenigstens, fuhr der Kommandant fort, die Depeschen – Es ist nicht möglich, antwortete der Graf, indem er den Adjutanten in den Sitz hob. Die Depeschen gelten nichts in Neapel ohne mich. Ich habe auch daran gedacht. Fahr zu! – Und die Briefe Ihres Herrn Onkels? rief der Adjutant, sich aus der Tür hervorbeugend. Treffen mich, erwiderte der Graf, in M... Fahr zu, sagte der Adjutant, und rollte mit dem Wagen dahin.

Hierauf fragte der Graf F..., indem er sich zum Kommandanten wandte, ob er ihm gefälligst sein Zimmer anweisen lassen wolle? Er würde gleich selbst die Ehre haben, antwortete der verwirrte Obrist; rief seinen und des Grafen Leuten, das Gepäck desselben aufzunehmen: und führte ihn in die für fremden Besuch bestimmten Gemächer des Hauses, wo er sich ihm mit einem trocknen Gesicht empfahl. Der Graf kleidete sich um; verließ das Haus, um sich bei dem Gouverneur des Platzes zu melden, und für den ganzen weiteren Rest des Tages im Hause unsichtbar, kehrte er erst kurz vor der Abendtafel dahin zurück.

Inzwischen war die Familie in der lebhaftesten Unruhe. Der Forstmeister erzählte, wie bestimmt, auf einige Vorstellungen des Kommandanten, des Grafen Antworten ausgefallen wären; meinte, dass sein Verhalten einem völlig überlegten Schritt ähnlich sehe; und fragte, in aller Welt, nach den Ursachen einer so auf Kurierpferden gehenden Bewerbung. Der Kommandant sagte, dass er von der Sache nichts verstehe, und forderte die Familie auf, davon weiter nicht in seiner Gegenwart zu sprechen. Die Mutter sah alle Augenblicke aus dem Fenster, ob er nicht kommen, seine leichtsinnige Tat bereuen, und wieder gutmachen werde. Endlich, da es finster ward, setzte sie sich zur Marquise nieder, welche, mit vieler Emsigkeit, an einem Tisch arbeitete, und das Gespräch zu vermeiden schien. Sie fragte sie halblaut, während der Vater auf und niederging, ob sie begreife, was aus dieser Sache werden solle? Die Marquise antwortete, mit einem schüchtern nach dem Kommandanten gewandten Blick: wenn der Vater bewirkt hätte, dass er nach Neapel gereist wäre, so wäre alles gut. Nach Neapel! rief der Kommandant, der dies gehört hatte. Sollt ich den Priester holen lassen? Oder hätt ich ihn schließen lassen und arretieren, und mit Bewachung nach Neapel schicken sollen? – Nein, antwortete die Marquise, aber lebhafte und eindringliche Vorstellungen tun ihre Wirkung; und sah, ein wenig unwillig, wieder auf ihre Arbeit nieder. – Endlich gegen die Nacht erschien der Graf. Man erwartete nur, nach den ersten Höflichkeitsbezeugungen, dass dieser Gegenstand zur Sprache kommen würde, um ihn mit vereinter Kraft zu bestürmen, den Schritt, den er gewagt hatte, wenn es noch möglich sei, wieder zurückzunehmen. Doch vergebens, während der ganzen Abendtafel, erharrte man diesen Augenblick. Geflissentlich alles, was darauf führen konnte, vermeidend, unterhielt er den Kommandanten vom Kriege, und den Forstmeister von der Jagd. Als er des Gefechts bei P . . ., in welchem er verwundet worden war, erwähnte, verwickelte ihn die Mutter bei der Geschichte seiner Krankheit, fragte ihn, wie es ihm an diesem kleinen Orte ergangen sei, und ob er die gehörigen Bequemlichkeiten gefunden hätte. Hierauf erzählte er mehrere, durch seine Leidenschaft zur Marquise interessanten, Züge: wie sie beständig, während seiner Krankheit, an seinem Bette gesessen hätte; wie er die Vorstellung von ihr, in der Hitze des Wundfiebers, immer mit der Vorstellung eines Schwans verwechselt hätte, den er, als Knabe, auf seines Onkels Gütern gesehen; dass ihm besonders eine Erinnerung rührend gewesen wäre, da er diesen Schwan einst mit Kot beworfen, worauf dieser still untergetaucht, und rein aus der Flut wieder emporgekommen sei; dass sie immer auf feurigen Fluten umhergeschwommen wäre, und er Thinka gerufen hätte, welches der Name jenes Schwans gewesen, dass er aber nicht im Stande gewesen wäre, sie an sich zu locken, indem sie ihre Freude gehabt hätte, bloß am Rudern und In-die-Brust-sich-Werfen; versicherte plötzlich, blutrot im Gesicht, dass er sie außerordentlich liebe: sah wieder auf seinen Teller nieder, und schwieg. Man musste endlich von der Tafel aufstehen; und da der Graf, nach einem kurzen Gespräch mit der Mutter, sich sogleich gegen die Gesellschaft verneigte, und wieder in sein Zimmer zurückzog: so standen die Mitglieder derselben wieder, und wussten nicht, was sie denken sollten. Der Kommandant meinte: man müsse der Sache ihren Lauf lassen. Er rechne wahrscheinlich auf seine Verwandten bei diesem Schritte. Infame Kassation stünde sonst darauf. Frau von G ... fragte ihre Tochter, was sie denn von ihm halte? Und ob sie sich wohl zu irgendeiner Äußerung, die ein Unglück vermiede, würde verstehen können? Die Marquise antwortete: Liebste Mutter! Das ist nicht möglich. Es tut mir Leid, dass meine Dankbarkeit auf eine so harte Probe gestellt wird. Doch es war mein Entschluss, mich nicht wieder zu vermählen; ich mag mein Glück nicht, und nicht so unüberlegt, auf ein zweites Spiel setzen. Der Forstmeister bemerkte, dass wenn dies ihr fester Wille wäre, auch *diese* Erklärung ihm Nutzen schaffen könne, und dass es fast notwendig scheine, ihm irgend*eine* bestimmte zu geben. Die Obristin versetzte, dass da dieser junge Mann, den so viele außerordentliche Eigenschaften empföhlen, seinen Aufenthalt in Italien nehmen zu wollen, erklärt habe, sein Antrag, nach ihrer Meinung, einige Rücksicht, und der Entschluss der Marquise Prüfung verdiene. Der Forstmeister, indem er sich bei ihr niederließ, fragte, wie er ihr denn, was seine Person anbetreffe, gefalle? Die Marquise antwortete, mit einiger Verlegenheit: er gefällt und missfällt mir; und berief sich auf das Gefühl der anderen. Die Obristin sagte: wenn er von Neapel zurückkehrt, und die Erkundigungen, die wir inzwischen über ihn einziehen könnten, dem Gesamteindruck, den du von ihm empfangen hast, nicht widersprächen: wie würdest du dich, falls er alsdann seinen Antrag wiederholte, erklären? In diesem Fall, versetzte die Marquise, würd ich – da in der Tat seine Wünsche so lebhaft scheinen, diese Wünsche – sie stockte, und ihre Augen glänzten, indem sie dies sagte – um der Verbindlichkeit willen, die ich ihm schuldig bin, erfüllen. Die Mutter, die eine zweite Vermählung ihrer Tochter immer gewünscht hatte, hatte Mühe, ihre Freude über diese Erklärung zu verbergen, und sann, was sich wohl daraus machen lasse. Der Forstmeister sagte, indem er unruhig vom Sitz wieder aufstand, dass wenn die Marquise irgend an die Möglichkeit denke, ihn einst mit ihrer Hand zu erfreuen, jetzt gleich notwendig ein Schritt dazu geschehen müsse, um den Folgen seiner rasenden Tat vorzubeugen. Die Mutter war derselben Meinung, und behauptete, dass zuletzt das Wagstück nicht allzu groß wäre, indem bei so vielen vortrefflichen Eigenschaften, die er in jener Nacht, da das Fort von den Russen erstürmt ward, entwickelte, kaum zu fürchten sei, dass sein übriger Lebenswandel ihnen nicht entsprechen sollte. Die Marquise sah, mit dem Ausdruck der lebhaftesten Unruhe, vor sich nieder. Man könnte ihm ja, fuhr die Mutter fort, indem sie ihre Hand ergriff, etwa eine Erklärung, dass du, bis zu seiner Rückkehr von Neapel, in keine andere Verbindung eingehen wollest, zukommen lassen. Die Marquise sagte: *diese* Erklärung, liebste Mutter, kann ich ihm geben; ich fürchte nur, dass sie ihn nicht beruhigen, und uns verwickeln wird. Das sei meine Sorge! erwiderte die Mutter, mit lebhafter Freude; und sah sich nach dem Kommandanten um. Lorenzo! fragte sie, was meinst du? und machte Anstalten, sich vom Sitz zu erheben. Der Kommandant, der alles gehört hatte, stand am Fenster, sah auf die Straße hinaus, und sagte nichts. Der Forstmeister versicherte, dass er, mit dieser unschädlichen Erklärung, den Grafen aus dem Hause zu schaffen, sich anheischig mache. Nun so macht! macht! macht! rief der Vater, indem er sich umkehrte: ich muss mich diesem Russen schon zum zweiten Mal ergeben! – Hierauf sprang die Mutter auf, küsste ihn und die Tochter, und fragte, indem der Vater über ihre Geschäftigkeit lächelte, wie man dem Grafen jetzt diese Erklärung augenblicklich hinterbringen solle? Man beschloss, auf den Vorschlag des Forstmeisters, ihn bitten zu lassen, sich, falls er noch nicht entkleidet sei, gefälligst auf einen Augenblick zur Familie zu verfügen. Er werde gleich die Ehre haben zu erscheinen! ließ der Graf antworten, und kaum war der Kammerdiener mit dieser Meldung zurück, als er schon selbst, mit Schritten, die die Freude beflügelte, ins Zimmer trat, und zu den Füßen der Marquise, in der allerlebhaftesten Rührung niedersank. Der Kommandant wollte etwas sagen: doch er, indem er aufstand, versetzte, er wisse genug! küsste ihm und der Mutter die Hand, umarmte den Bruder, und bat nur um die Gefälligkeit, ihm sogleich zu einem Reisewagen zu verhelfen. Die Marquise, obschon von diesem Auftritt bewegt, sagte doch: ich fürchte nicht, Herr Graf, dass Ihre rasche Hoffnung Sie zu weit – Nichts! Nichts! versetzte der Graf, es ist nichts geschehen, wenn die Erkundigungen, die Sie über mich einziehen mögen, dem Gefühl widersprechen, das mich zu Ihnen in dies Zimmer zurückberief. Hierauf umarmte der Kommandant ihn auf das Herzlichste, der Forstmeister bot ihm sogleich seinen eigenen Reisewagen an, ein Jäger flog auf die Post, Kurierpferde auf Prämien zu bestellen, und Freude war bei dieser Abreise, wie noch niemals bei einem Empfang. Er hoffe, sagte der Graf, die Depeschen in B . . . einzuholen, von wo er jetzt einen näheren Weg nach Neapel, als über M . . . einschlagen würde; in Neapel würde er sein Möglichstes tun, die fernere Geschäftsreise nach Konstantinopel abzulehnen; und da er, auf den äußersten Fall, entschlossen wäre, sich krank anzugeben, so versicherte er, dass wenn nicht unvermeidliche Hindernisse ihn abhielten, er in Zeit von vier bis sechs Wochen unfehlbar wieder in M . . . sein würde. Hierauf meldete sein Jäger, dass der Wagen angespannt, und alles zur Abreise bereit sei. Der Graf nahm seinen Hut, trat vor die Marquise, und ergriff ihre Hand. Nun denn, sprach er, Julietta, so bin ich einigermaßen beruhigt; und legte seine Hand in die ihrige; obschon es mein sehnlichster Wunsch war, mich noch vor meiner Abreise mit Ihnen zu vermählen. Vermählen! riefen alle Mitglieder der Familie aus. Vermählen, wiederholte der Graf, küsste der Marquise die Hand, und versicherte, da diese fragte, ob er von Sinnen sei: es würde ein Tag kommen, wo sie ihn verstehen würde! Die Familie wollte auf ihn böse werden; doch er nahm gleich auf das Wärmste von allen Abschied, bat sie, über diese Äußerung nicht weiter nachzudenken, und reiste ab.

Mehrere Wochen, in welchen die Familie, mit sehr verschiedenen Empfindungen, auf den Ausgang dieser sonderbaren Sache gespannt war, verstrichen. Der Kommandant empfing vom General K . . ., dem Onkel des Grafen, eine höfliche Zuschrift; der Graf selbst schrieb aus Neapel; die Erkundigungen, die man über ihn einzog, sprachen ziemlich zu seinem Vorteil; kurz, man hielt die Verlobung schon für so gut, wie abgemacht: als sich die Kränklichkeiten der Marquise, mit größerer Lebhaftigkeit, als jemals, wieder einstellten. Sie bemerkte eine unbegreifliche Veränderung ihrer Gestalt. Sie entdeckte sich mit völliger Freimütigkeit ihrer Mutter, und sagte, sie wisse nicht, was sie von ihrem Zustand denken solle. Die Mutter, welche so sonderbare Zufälle für die Gesundheit ihrer Tochter äußerst besorgt machten, verlangte, dass sie einen Arzt zu Rate ziehe. Die Marquise, die durch ihre Natur zu siegen hoffte, sträubte sich dagegen; sie brachte mehrere Tage noch, ohne dem Rat der Mutter zu folgen, unter den empfindlichsten Leiden zu: bis Gefühle, immer wiederkehrend und von so wunderbarer Art, sie in die lebhafteste Unruhe stürzten. Sie ließ einen Arzt rufen, der das Vertrauen ihres Vaters besaß, nötigte ihn, da gerade die Mutter abwesend war, auf den Diwan nieder, und eröffnete ihm, nach einer kurzen Einleitung, scherzend, was sie von sich glaube. Der Arzt warf einen forschenden Blick auf sie; schwieg noch, nachdem er eine genaue Untersuchung vollendet hatte, eine Zeit lang: und antwortete dann mit einer sehr ernsthaften Miene, dass die Frau Marquise ganz richtig urteile. Nachdem er sich auf die Frage der Dame, wie er dies verstehe, ganz deutlich erklärt, und mit einem Lächeln, das er nicht unterdrücken konnte, gesagt hatte, dass sie ganz gesund sei, und keinen Arzt brauche, zog die Marquise, und sah ihn sehr streng von der Seite an, die Klingel, und bat ihn, sich zu entfernen. Sie äußerte halblaut, als ob er der Rede nicht wert wäre, vor sich nieder murmelnd: dass sie nicht Lust hätte, mit ihm über Gegenstände dieser Art zu scherzen. Der Doktor erwiderte empfindlich: er müsse wünschen, dass sie immer zum Scherz so wenig aufgelegt gewesen wäre, wie jetzt; nahm Stock und Hut, und machte Anstalten, sich sogleich zu empfehlen. Die Marquise versicherte, dass sie von diesen Beleidigungen ihren Vater unterrichten würde. Der Arzt antwortete, dass er seine Aussage vor Gericht beschwören könne: öffnete die Tür, verneigte sich, und wollte das Zimmer verlassen. Die Marquise fragte, da er noch einen Handschuh, den er hatte fallen lassen, von der Erde aufnahm: und die Möglichkeit davon, Herr Doktor? Der Doktor erwiderte, dass er ihr die letzten Gründe der Dinge nicht werde zu erklären brauchen; verneigte sich ihr noch einmal, und ging ab.

Die Marquise stand, wie vom Donner gerührt. Sie raffte sich auf, und wollte zu ihrem Vater eilen; doch der sonderbare Ernst des Mannes, von dem sie sich beleidigt sah, lähmte alle ihre Glieder. Sie warf sich in der größten Bewegung auf den Diwan nieder. Sie durchlief, gegen sich selbst misstrauisch, alle Momente des verflossenen Jahres, und hielt sich für verrückt, wenn sie an den letzten dachte. Endlich erschien die Mutter; und auf die bestürzte Frage, warum sie so unruhig sei? erzählte ihr die Tochter, was ihr der Arzt soeben eröffnet hatte. Frau von G . . . nannte ihn einen Unverschämten und Nichtswürdigen, und bestärkte die Tochter in dem Entschluss, diese Beleidigung dem Vater zu entdecken. Die Marquise versicherte, dass es sein völliger Ernst gewesen sei, und dass er entschlossen scheine, dem Vater ins Gesicht seine rasende Behauptung zu wiederholen. Frau von G . . . fragte, nicht wenig erschrocken, ob sie denn an die Möglichkeit eines solchen Zustandes glaube? Eher, antwortete die Marquise, dass die Gräber befruchtet werden, und sich dem Schoße der Leichen eine Geburt entwickeln wird! Nun, du liebes wunderliches Weib, sagte die Obristin, indem sie sie fest an sich drückte: was beunruhigt dich denn? Wenn dein Bewusstsein dich rein spricht: wie kann dich ein Urteil, und wäre es das einer ganzen Konsulta von Ärzten, nur kümmern? Ob das seinige aus Irrtum, ob es aus Bosheit entsprang: gilt es dir nicht völlig gleichviel? Doch schicklich ist es, dass wir es dem Vater entdecken. – O Gott! sagte die Marquise, mit einer konvulsivischen Bewegung: wie kann ich mich beruhigen. Hab ich nicht mein eignes, innerliches, mir nur allzu wohl bekanntes Gefühl gegen mich? Würd ich nicht, wenn ich in einer andern meine Empfindung wüsste, von ihr selbst urteilen, dass es damit seine Richtigkeit habe? Es ist entsetzlich, versetzte die Obristin. Bosheit! Irrtum! fuhr die Marquise fort. Was kann dieser Mann, der uns bis auf den heutigen Tag schätzenswürdig erschien, für Gründe haben, mich auf eine so mutwillige und niederträchtige Art zu kränken? Mich, die ihn nie beleidigt hatte? Die ihn mit Vertrauen, und dem Vorgefühl zukünftiger Dankbarkeit, empfing? Bei der er, wie seine ersten Worte zeugten, mit dem reinen und unverfälschten Willen erschien, zu helfen, nicht Schmerzen, grimmigere, als ich empfand, erst zu erregen? Und wenn ich in der Notwendigkeit der Wahl, fuhr sie fort, während die Mutter sie unverwandt ansah, an einen Irrtum glauben wollte: ist es wohl möglich, dass ein Arzt, auch nur von mittelmäßiger Geschicklichkeit, in solchem Falle irre? – Die Obristin sagte ein wenig spitz: und gleichwohl muss es doch notwendig eins oder das andere gewesen sein. Ja! versetzte die Marquise, meine teuerste Mutter, indem sie ihr, mit dem Ausdruck der gekränkten Würde, hochrot im Gesicht glühend, die Hand küsste: das muss es! Obschon die Umstände so außerordentlich sind, dass es mir erlaubt ist, daran zu zweifeln. Ich schwöre, weil es doch einer Versicherung bedarf, dass mein Bewusstsein, gleich dem meiner Kinder ist; nicht reiner, Verehrungswürdigste, kann das Ihrige sein. Gleichwohl bitte ich Sie, mir eine Hebamme rufen zu lassen, damit ich mich von dem, was ist, überzeuge, und gleichviel alsdann, was es sei, beruhige. Eine Hebamme! rief Frau von G... mit Entwürdigung. Ein reines Bewusstsein, und eine Hebamme! Und die Sprache ging ihr aus. Eine Hebamme, meine teuerste Mutter, wiederholte die Marquise, indem sie sich auf Knien vor ihr niederließ; und das augenblicklich, wenn ich nicht wahnsinnig werden soll. O sehr gern, versetzte die Obristin; nur bitte ich, das Wochenlager nicht in meinem Hause zu halten. Und damit stand sie auf, und wollte das Zimmer verlassen. Die Marquise, ihr mit ausgebreiteten Armen folgend, fiel ganz auf das Gesicht nieder, und umfasste ihre Knie. Wenn irgendein unsträfliches Leben, rief sie, mit der Beredsamkeit des Schmerzes, ein Leben, nach Ihrem Muster geführt, mir ein Recht auf Ihre Achtung gibt, wenn irgendein mütterliches Gefühl auch nur, so lange meine Schuld nicht sonnenklar entschieden ist, in Ihrem Busen für mich spricht: so verlassen Sie mich in diesen entsetzlichen Augenblicken nicht. – Was ist es, das dich beunruhigt? fragte die Mutter. Ist es weiter nichts, als der Ausspruch des

Arztes? Weiter nichts, als dein innerliches Gefühl? Nichts weiter, meine Mutter, versetzte die Marquise, und legte ihre Hand auf die Brust. Nichts, Julietta? fuhr die Mutter fort. Besinne dich. Ein Fehltritt, so unsäglich er mich schmerzen würde, er ließe sich, und ich müsste ihn zuletzt verzeihn; doch wenn du, um einem mütterlichen Verweis auszuweichen, ein Märchen von der Umwälzung der Weltordnung ersinnen, und gotteslästerliche Schwüre häufen könntest, um es meinem, dir nur allzu gerngläubigen, Herzen aufzubürden: so wäre das schändlich; ich würde dir niemals wieder gut werden. – Möge das Reich der Erlösung einst so offen vor mir liegen, wie meine Seele vor Ihnen, rief die Marquise. Ich verschwieg Ihnen nichts, meine Mutter. – Diese Äußerung, voll Pathos getan, erschütterte die Mutter. O Himmel! rief sie: mein liebenswürdiges Kind! Wie rührst du mich! Und hob sie auf, und küsste sie, und drückte sie an ihre Brust. Was denn, in aller Welt, fürchtest du? Komm, du bist sehr krank. Sie wollte sie in ein Bett führen. Doch die Marquise, welcher die Tränen häufig flossen, versicherte, dass sie sehr gesund wäre, und dass ihr gar nichts fehle, außer jenem sonderbaren und unbegreiflichen Zustand. – Zustand! rief die Mutter wieder; welch ein Zustand? Wenn dein Gedächtnis über die Vergangenheit so sicher ist, welch ein Wahnsinn der Furcht ergriff dich? Kann ein innerliches Gefühl denn, das doch nur dunkel sich regt, nicht trügen? Nein! Nein! sagte die Marquise, es trügt mich nicht! Und wenn Sie die Hebamme rufen lassen wollen, so werden Sie hören, dass das Entsetzliche, mich Vernichtende, wahr ist. – Komm, meine liebste Tochter, sagte Frau von G…, die für ihren Verstand zu fürchten anfing. Komm, folge mir, und lege dich zu Bett. Was meintest du, dass dir der Arzt gesagt hat? Wie dein Gesicht glüht! Wie du an allen Gliedern so zitterst! Was war es schon, das dir der Arzt gesagt hat? Und damit zog sie die Marquise, ungläubig nunmehr an den ganzen Auftritt, den sie ihr erzählt hatte, mit sich fort. – Die Marquise sagte: Liebe! Vortreffliche! indem sie mit weinenden Augen lächelte. Ich bin meiner Sinne mächtig. Der Arzt hat mir gesagt, dass ich in gesegneten Leibesumständen bin. Lassen Sie die Hebamme rufen: und sobald sie sagt, dass es nicht wahr ist, bin ich wieder ruhig. Gut, gut! erwiderte die Obristin, die ihre Angst unterdrückte. Sie soll gleich kommen; sie soll gleich, wenn du dich von ihr willst auslachen lassen, erscheinen, und dir sagen, dass du eine Träumerin, und nicht recht klug bist. Und damit zog sie die Klingel, und schickte augenblicklich einen ihrer Leute, der die Hebamme rufe.

Die Marquise lag noch, mit unruhig sich hebender Brust, in den Armen ihrer Mutter, als diese Frau erschien, und die Obristin ihr, an welcher seltsamen Vorstellung ihre Tochter krank liege, eröffnete. Die Frau Marquise schwöre, dass sie sich tugendhaft verhalten habe, und gleichwohl halte sie, von einer unbegreiflichen Empfindung getäuscht, für nötig, dass eine sachverständige Frau ihren Zustand untersuche. Die Hebamme, während sie sich von demselben unterrichtete, sprach von jungem Blut und Arglist der Welt; äußerte, als sie ihr Geschäft vollendet hatte, dergleichen Fälle wären ihr schon vorgekommen; die jungen Witwen, die in ihre Lage kämen, meinten alle auf wüsten Inseln gelebt zu haben; beruhigte inzwischen die Frau Marquise, und versicherte sie, dass sich der muntere Korsar, der zur Nachtzeit gelandet, schon finden würde. Bei diesen Worten fiel die Marquise in Ohnmacht. Die Obristin, die ihr mütterliches Gefühl nicht überwältigen konnte, brachte sie zwar, mit Hülfe der Hebamme, wieder ins Leben zurück. Doch die Entrüstung siegte, da sie erwacht war. Julietta! rief die Mutter mit dem lebhaftesten Schmerz. Willst du dich mir entdecken, willst du den Vater mir nennen? Und schien noch zur Versöhnung geneigt. Doch als die Marquise sagte, dass sie wahnsinnig werden würde, sprach die Mutter, indem sie sich vom Diwan erhob: geh! du bist nichtswürdig! Verflucht sei die Stunde, da ich dich gebar! und verließ das Zimmer.

Die Marquise, der das Tageslicht von Neuem schwinden wollte, zog die Geburtshelferin vor sich nieder, und legte ihr Haupt heftig zitternd an ihre Brust. Sie fragte, mit gebrochener Stimme, wie denn die Natur auf ihren Wegen walte? Und ob die Möglichkeit einer unwissentlichen Empfängnis sei? – Die Hebamme lächelte, machte ihr das Tuch los, und sagte, das würde ja doch der Frau Marquise Fall nicht sein. Nein, nein, antwortete die Marquise, sie habe wissentlich empfangen, sie wolle nur im Allgemeinen wissen, ob diese Erscheinung im Reiche der Natur sei? Die Hebamme versetzte, dass dies, außer der heiligen Jungfrau, noch keinem Weibe auf Erden zugestoßen wäre. Die Marquise zitterte immer heftiger. Sie glaubte, dass sie augenblicklich niederkommen würde, und bat die Geburtshelferin, indem sie sich mit krampfhafter Beängstigung an sie schloss, sie nicht zu verlassen. Die Hebamme beruhigte sie. Sie versicherte, dass das Wochenbett noch beträchtlich entfernt wäre, gab ihr auch die Mittel an, wie man, in solchen Fällen, dem Leumund der Welt ausweichen könne, und meinte, es würde noch alles gut werden. Doch da diese Trostgründe der unglücklichen Dame völlig wie Messerstiche durch die Brust fuhren, so sammelte sie sich, sagte, sie befände sich besser, und bat ihre Gesellschafterin sich zu entfernen.

Kaum war die Hebamme aus dem Zimmer, als ihr ein Schreiben

von der Mutter gebracht ward, in welchem diese sich so ausließ: „Herr von G . . . wünsche, unter den obwaltenden Umständen, dass sie sein Haus verlasse. Er sende ihr hierbei die über ihr Vermögen lautenden Papiere, und hoffe dass ihm Gott den Jammer ersparen werde, sie wieder zu sehen.“ – Der Brief war inzwischen von Tränen benetzt; und in einem Winkel stand ein verwischtes Wort: diktiert. – Der Marquise stürzte der Schmerz aus den Augen. Sie ging, heftig über den Irrtum ihrer Eltern weinend, und über die Ungerechtigkeit, zu welcher diese vortrefflichen Menschen verführt wurden, nach den Gemächern ihrer Mutter. Es hieß, sie sei bei ihrem Vater; sie wankte nach den Gemächern ihres Vaters. Sie sank, als sie die Türe verschlossen fand, mit jammernder Stimme, alle Heiligen zu Zeugen ihrer Unschuld anrufend, vor derselben nieder. Sie mochte wohl schon einige Minuten hier gelegen haben, als der Forstmeister daraus hervortrat, und zu ihr mit flammendem Gesicht sagte: sie höre dass der Kommandant sie nicht sehen wolle. Die Marquise rief: mein liebster Bruder! unter vielem Schluchzen; drängte sich ins Zimmer, und rief: mein teuerster Vater! und streckte die Arme nach ihm aus. Der Kommandant wandte ihr, bei ihrem Anblick, den Rücken zu, und eilte in sein Schlafgemach. Er rief, als sie ihn dahin verfolgte, hinweg! und wollte die Türe zuwerfen; doch da sie, unter Jammern und Flehen, dass er sie schließe, verhinderte, so gab er plötzlich nach und eilte, während die Marquise zu ihm hineintrat, nach der hintern Wand. Sie warf sich ihm, der ihr den Rücken zugekehrt hatte, eben zu Füßen, und umfasste zitternd seine Knie, als ein Pistol, das er ergriffen hatte, in dem Augenblick, da er es von der Wand herabriss, losging, und der Schuss schmetternd in die Decke fuhr. Herr meines Lebens! rief die Marquise, erhob sich leichenblass von ihren Knien, und eilte aus seinen Gemächern wieder hinweg. Man soll sogleich anspannen, sagte sie, indem sie in die ihrigen trat; setzte sich, matt bis an den Tod, auf einen Sessel nieder, zog ihre Kinder eilfertig an, und ließ die Sachen einpacken. Sie hatte eben ihr Kleinstes zwischen den Knien, und schlug ihm noch ein Tuch um, um nunmehr, da alles zur Abreise bereit war, in den Wagen zu steigen: als der Forstmeister eintrat, und auf Befehl des Kommandanten die Zurücklassung und Überlieferung der Kinder von ihr forderte. Dieser Kinder? fragte sie; und stand auf. Sag deinem unmenschlichen Vater, dass er kommen, und mich niederschießen, nicht aber mir meine Kinder entreißen könne! Und hob, mit dem ganzen Stolz der Unschuld gerüstet, ihre Kinder auf, trug sie ohne dass der Bruder gewagt hätte, sie anzuhalten, in den Wagen, und fuhr ab.

Durch diese schöne Anstrengung mit sich selbst bekannt gemacht, hob sie sich plötzlich, wie an ihrer eigenen Hand, aus der ganzen Tiefe, in welche das Schicksal sie herabgestürzt hatte, empor. Der Aufruhr, der ihre Brust zerriss, legte sich, als sie im Freien war, sie küsste häufig die Kinder, diese ihre liebe Beute, und mit großer Selbstzufriedenheit gedachte sie, welch einen Sieg sie, durch die Kraft ihres schuldfreien Bewusstseins, über ihren Bruder davongetragen hatte. Ihr Verstand, stark genug, in ihrer sonderbaren Lage nicht zu reißen, gab sich ganz unter der großen, heiligen und unerklärlichen Einrichtung der Welt gefangen. Sie sah die Unmöglichkeit ein, ihre Familie von ihrer Unschuld zu überzeugen, begriff, dass sie sich darüber trösten müsse, falls sie nicht untergehen wolle, und wenige Tage nur waren nach ihrer Ankunft in V... verflossen, als der Schmerz ganz und gar dem heldenmütigen Vorsatz Platz machte, sich mit Stolz gegen die Anfälle der Welt zu rüsten. Sie beschloss, sich ganz in ihr Innerstes zurückzuziehen, sich, mit ausschließendem Eifer, der Erziehung ihrer beiden Kinder zu widmen, und des Geschenks, das ihr Gott mit dem dritten gemacht hatte, mit voller mütterlichen Liebe zu pflegen. Sie machte Anstalten, in wenig Wochen, sobald sie ihre Niederkunft überstanden haben würde, ihren schönen, aber durch die lange Abwesenheit ein wenig verfallenen Landsitz wiederherzustellen; saß in der Gartenlaube und dachte, während sie kleine Mützen, und Strümpfe für kleine Beine strickte, wie sie die Zimmer bequem verteilen würde; auch, welches sie mit Büchern füllen, und in welchem die Staffelei am schicklichsten stehen würde. Und so war der Zeitpunkt, da der Graf F... von Neapel wiederkehren sollte, noch nicht abgelaufen, als sie schon völlig mit dem Schicksal, in ewig klösterlicher Eingezogenheit zu leben, vertraut war. Der Türsteher erhielt Befehl, keinen Menschen im Hause vorzulassen. Nur der Gedanke war ihr unerträglich, dass dem jungen Wesen, das sie in der größten Unschuld und Reinheit empfangen hatte, und dessen Ursprung, eben weil er geheimnisvoller war, auch göttlicher zu sein schien, als der anderer Menschen, ein Schandfleck in der bürgerlichen Gesellschaft ankleben sollte. Ein sonderbares Mittel war ihr eingefallen, den Vater zu entdecken: ein Mittel, bei dem sie, als sie es zuerst dachte, das Strickzeug selbst vor Schrecken aus der Hand fallen ließ. Durch ganze Nächte, in unruhiger Schlaflosigkeit durchwacht, ward es gedreht und gewendet um sich an seine ihr innerstes Gefühl verletzende, Natur zu gewöhnen. Immer noch sträubte sie sich, mit dem Menschen, der sie so hintergangen hatte, in irgendein Verhältnis zu treten: indem sie sehr richtig schloss, dass derselbe doch, ohne alle Rettung, zum Auswurf seiner Gattung gehören müsse, und, auf welchem Platz der Welt man ihn auch denken wolle, nur aus dem zertretensten und unflätigsten Schlamm derselben, hervorgegangen sein könne. Doch da das Gefühl ihrer Selbständigkeit immer lebhafter in ihr ward, und sie bedachte, dass der Stein seinen Wert behält, er mag auch eingefasst sein, wie man wolle, so griff sie eines Morgens, da sich das junge Leben wieder in ihr regte, ein Herz, und ließ jene sonderbare Aufforderung in die Intelligenzblätter von M . . . rücken, die man am Eingang dieser Erzählung gelesen hat.

Der Graf F . . ., den unvermeidliche Geschäfte in Neapel aufhielten, hatte inzwischen zum zweiten Mal an die Marquise geschrieben, und sie aufgefordert, es möchten fremde Umstände eintreten, welche da wollten, ihrer, ihm gegebenen, stillschweigenden Erklärung getreu zu bleiben. Sobald es ihm geglückt war, seine fernere Geschäftsreise nach Konstantinopel abzulehnen, und es seine übrigen Verhältnisse gestatteten, ging er augenblicklich von Neapel ab, und kam auch richtig, nur wenige Tage nach der von ihm bestimmten Frist, in M . . . an. Der Kommandant empfing ihn mit einem verlegenen Gesicht, sagte, dass ein notwendiges Geschäft ihn aus dem Hause nötige, und forderte den Forstmeister auf, ihn inzwischen zu unterhalten. Der Forstmeister zog ihn auf sein Zimmer, und fragte ihn, nach einer kurzen Begrüßung, ob er schon wisse, was sich während seiner Abwesenheit in dem Hause des Kommandanten zugetragen habe. Der Graf antwortete, mit einer flüchtigen Blässe: nein. Hierauf unterrichtete ihn der Forstmeister von der Schande, die die Marquise über die Familie gebracht hatte, und gab ihm die Geschichtserzählung dessen, was unsre Leser soeben erfahren haben. Der Graf schlug sich mit der Hand vor die Stirn. Warum legte man mir so viele Hindernisse in den Weg! rief er in der Vergessenheit seiner. Wenn die Vermählung erfolgt wäre: so wäre alle Schmach und jedes Unglück uns erspart! Der Forstmeister fragte, indem er ihn anglotzte, ob er rasend genug wäre, zu wünschen, mit dieser Nichtswürdigen vermählt zu sein? Der Graf erwiderte, dass sie mehr wert wäre, als die ganze Welt, die sie verachtete; dass ihre Erklärung über ihre Unschuld vollkommnen Glauben bei ihm fände; und dass er noch heute nach V . . . gehen, und seinen Antrag bei ihr wiederholen würde. Er ergriff auch sogleich seinen Hut, empfahl sich dem Forstmeister, der ihn für seiner Sinne völlig beraubt hielt, und ging ab.

Er bestieg ein Pferd und sprengte nach V . . . hinaus. Als er am Tore abgestiegen war, und in den Vorplatz wollte, sagte ihm der

Türsteher, dass die Frau Marquise keinen Menschen spräche. Der Graf sagte, ob diese, für Fremde getroffene, Maßregel auch einem Freund des Hauses gälte; worauf jener antwortete, dass er von keiner Ausnahme wisse, und bald darauf, auf eine zweideutige Art hinzusetzte: ob er vielleicht der Graf F . . . wäre? Der Graf erwiderte, nach einem forschenden Blick, nein; und äußerte, zu seinem Bedienten gewandt, doch so, dass jener es hören konnte, er werde, unter solchen Umständen, in einem Gasthofe absteigen, und sich bei der Frau Marquise schriftlich anmelden. Sobald er inzwischen dem Türsteher aus den Augen war, bog er um eine Ecke, und umschlich die Mauer eines weitläufigen Gartens, der sich hinter dem Hause ausbreitete. Er trat durch eine Pforte, die er offen fand, in den Garten, durchstrich die Gänge desselben, und wollte eben die hintere Rampe hinaufsteigen, als er, in einer Laube, die zur Seite lag, die Marquise, in ihrer lieblichen und geheimnisvollen Gestalt, an einem kleinen Tischchen emsig arbeiten sah. Er näherte sich ihr so, dass sie ihn nicht früher erblicken konnte, als bis er am Eingang der Laube, drei kleine Schritte von ihren Füßen, stand. Der Graf F . . .! sagte die Marquise, als sie die Augen aufschlug, und die Röte der Überraschung überflog ihr Gesicht. Der Graf lächelte, blieb noch eine Zeit lang, ohne sich im Eingang zu rühren, stehen; setzte sich dann, mit so bescheidener Zudringlichkeit, als sie nicht zu erschrecken nötig war, neben ihr nieder, und schlug, ehe sie noch, in ihrer sonderbaren Lage, einen Entschluss gefasst hatte, seinen Arm sanft um ihren lieben Leib. Von wo, Herr Graf, ist es möglich, fragte die Marquise – und sah schüchtern vor sich auf die Erde nieder. Der Graf sagte: von M . . ., und drückte sie ganz leise an sich; durch eine hintere Pforte, die ich offen fand. Ich glaubte auf Ihre Verzeihung rechnen zu dürfen, und trat ein. Hat man Ihnen denn in M . . . nicht gesagt –? – fragte sie, und rührte noch kein Glied in seinen Armen. Alles, geliebte Frau, versetzte der Graf; doch von Ihrer Unschuld völlig überzeugt – Wie! rief die Marquise, indem sie aufstand, und sich loswickelte; und Sie kommen gleichwohl? – Der Welt zum Trotz, fuhr er fort, indem er sie festhielt, und Ihrer Familie zum Trotz, und dieser lieblichen Erscheinung sogar zum Trotz; wobei er einen glühenden Kuss auf ihre Brust drückte. – Hinweg! rief die Marquise – So überzeugt, sagte er, Julietta, als ob ich allwissend wäre, als ob meine Seele in deiner Brust wohnte – Die Marquise rief: Lassen Sie mich! Ich komme, schloss er – und ließ sie nicht – meinen Antrag zu wiederholen, und das Los der Seligen, wenn Sie mich erhören wollen, von Ihrer Hand zu empfangen. Lassen Sie mich augenblicklich! rief die Marquise; ich befehls Ihnen! riss sich gewaltsam aus seinen Armen, und entfloh. Geliebte! Vortreffliche! flüsterte er, indem er wieder aufstand, und ihr folgte. – Sie hören! rief die Marquise, und wandte sich, und wich ihm aus. Ein einziges, heimliches, geflüstertes –! sagte der Graf, und griff hastig nach ihrem glatten, ihm entschlüpfenden Arm. – Ich *will nichts* wissen, versetzte die Marquise, stieß ihn heftig vor die Brust zurück, eilte auf die Rampe, und verschwand.

Er war schon halb auf die Rampe gekommen, um sich, es koste, was es wolle, bei ihr Gehör zu verschaffen, als die Tür vor ihm zuflog, und der Riegel heftig, mit verstörter Beeiferung, vor seinen Schritten zurasselte. Unschlüssig, einen Augenblick, was unter solchen Umständen zu tun sei, stand er, und überlegte, ob er durch ein, zur Seite offen stehendes Fenster einsteigen, und seinen Zweck, bis er ihn erreicht, verfolgen solle; doch so schwer es ihm auch in jedem Sinne war, umzukehren, diesmal schien es die Notwendigkeit zu erfordern, und grimmig erbittert über sich, dass er sie aus seinen Armen gelassen hatte, schlich er die Rampe hinab, und verließ den Garten, um seine Pferde aufzusuchen. Er fühlte, dass der Versuch, sich an ihrem Busen zu erklären, für immer fehlgeschlagen sei, und ritt schrittweis, indem er einen Brief überlegte, den er jetzt zu schreiben verdammt war, nach M . . . zurück. Abends, da er sich, in der übelsten Laune von der Welt, bei einer öffentlichen Tafel eingefunden hatte, traf er den Forstmeister an, der ihn auch sogleich befragte, ob er seinen Antrag in V . . . glücklich angebracht habe? Der Graf antwortete kurz: nein! und war sehr gestimmt, ihn mit einer bitteren Wendung abzufertigen; doch um der Höflichkeit ein Genüge zu tun, setzte er nach einer Weile hinzu: er habe sich entschlossen, sich schriftlich an sie zu wenden, und werde damit in Kurzem ins Reine sein. Der Forstmeister sagte: er sehe mit Bedauern, dass seine Leidenschaft für die Marquise ihn seiner Sinne beraube. Er müsse ihm inzwischen versichern, dass sie bereits auf dem Wege sei, eine andere Wahl zu treffen; klingelte nach den neuesten Zeitungen, und gab ihm das Blatt, in welchem die Aufforderung derselben an den Vater des Kindes eingerückt war. Der Graf durchlief, indem ihm das Blut ins Gesicht schoss, die Schrift. Ein Wechsel von Gefühlen durchkreuzte ihn. Der Forstmeister fragte, ob er nicht glaube, dass die Person, die die Frau Marquise suche, sich finden werde? – Unzweifelhaft! versetzte der Graf, indessen er mit ganzer Seele über dem Papier lag, und den Sinn desselbigen gierig verschlang. Darauf nachdem er einen Augenblick, während er das Blatt zusammenlegte, an das Fenster getreten war, sagte er: nun ist es gut! nun weiß ich, was ich zu tun habe! kehrte sich sodann um; und fragte den Forstmeister noch, auf eine verbindliche Art, ob man ihn bald wieder sehen werde; empfahl sich ihm, und ging, völlig ausgesöhnt mit seinem Schicksal, fort. –

Inzwischen waren in dem Hause des Kommandanten die lebhaftesten Auftritte vorgefallen. Die Obristin war über die zerstörende Heftigkeit ihres Gatten und über die Schwäche, mit welcher sie sich, bei der tyrannischen Verstoßung der Tochter, von ihm hatte unterjochen lassen, äußerst erbittert. Sie war, als der Schuss in des Kommandanten Schlafgemach fiel, und die Tochter aus demselben hervorstürzte, in eine Ohnmacht gesunken, aus der sie sich zwar bald wieder erholte; doch der Kommandant hatte, in dem Augenblick ihres Erwachens, weiter nichts gesagt, als, es täte ihm Leid, dass sie diesen Schrecken umsonst gehabt, und das abgeschossene Pistol auf einen Tisch geworfen. Nachher, da von der Abforderung der Kinder die Rede war, wagte sie schüchtern, zu erklären, dass man zu solch einem Schritt kein Recht habe; sie bat mit einer, durch die gehabte Anwandlung, schwachen und rührenden Stimme, heftige Auftritte im Hause zu vermeiden; doch der Kommandant erwiderte weiter nichts, als, indem er sich zum Forstmeister wandte, vor Wut schäumend: geh! und schaff sie mir! Als der zweite Brief des Grafen F . . . ankam, hatte der Kommandant befohlen, dass er nach V . . . zur Marquise herausgeschickt werden solle, welche ihn, wie man nachher durch den Boten erfuhr, bei Seite gelegt, und gesagt hatte, es wäre gut. Die Obristin, der in der ganzen Begebenheit so vieles, und besonders die Geneigtheit der Marquise, eine neue, ihr ganz gleichgültige Vermählung einzugehen, dunkel war, suchte vergebens, diesen Umstand zur Sprache zu bringen. Der Kommandant bat immer, auf eine Art, die einem Befehle gleich sah, zu schweigen; versicherte, indem er einst, bei einer solchen Gelegenheit, ein Porträt herabnahm, das noch von ihr an der Wand hing, dass er sein Gedächtnis ihrer ganz zu vertilgen wünsche; und meinte, er hätte keine Tochter mehr. Drauf erschien der sonderbare Aufruf der Marquise in den Zeitungen. Die Obristin, die auf das lebhafteste darüber betroffen war, ging mit dem Zeitungsblatt, das sie von dem Kommandanten erhalten hatte, in sein Zimmer, wo sie ihn an einem Tisch arbeitend fand, und fragte ihn, was er in aller Welt davon halte? Der Kommandant sagte, indem er fortschrieb: oh! sie ist unschuldig. Wie! rief Frau von G . . ., mit dem alleräußersten Erstaunen: unschuldig? Sie hat es im Schlaf getan, sagte der Kommandant, ohne aufzusehen. Im Schlafe! versetzte Frau von G . . . Und ein so ungeheurer Vorfall wäre –? Die Närrin! rief der Kommandant, schob die Papiere übereinander, und ging weg.

Am nächsten Zeitungstage las die Obristin, da beide beim Frühstück saßen, in einem Intelligenzblatt, das eben ganz feucht von der Presse kam, folgende Antwort:

„Wenn die Frau Marquise von O . . . sich, am 3ten . . . 11 Uhr morgens, im Hause des Herrn von G . . ., ihres Vaters, einfinden will: so wird sich derjenige, den sie sucht, ihr daselbst zu Füßen werfen." –

Der Obristin verging, ehe sie noch auf die Hälfte dieses unerhörten Artikels gekommen war, die Sprache; sie überflog das Ende, und reichte das Blatt dem Kommandanten dar. Der Obrist durchlas das Blatt dreimal, als ob er seinen eignen Augen nicht traute. Nun sage mir, um des Himmels willen, Lorenzo, rief die Obristin, was hälst du davon? O die Schändliche! versetzte der Kommandant, und stand auf; o die verschmitzte Heuchlerin! Zehnmal die Schamlosigkeit einer Hündin, mit zehnfacher List des Fuchses gepaart, reichen noch an die ihrige nicht! Solch eine Miene! Zwei solche Augen! Ein Cherub hat sie nicht treuer! und jammerte und konnte sich nicht beruhigen. Aber was in aller Welt, fragte die Obristin, wenn es eine List ist, kann sie damit bezwecken? – Was sie damit bezweckt? Ihre nichtswürdige Betrügerei, mit Gewalt will sie sie durchsetzen, erwiderte der Obrist. Auswendig gelernt ist sie schon, die Fabel, die sie uns beide, sie und er, am Dritten 11 Uhr morgens hier aufbürden wollen. Mein liebes Töchterchen, soll ich sagen, das wusste ich nicht, wer konnte das denken, vergib mir, nimm meinen Segen, und sei wieder gut. Aber die Kugel dem, der am Dritten morgens über meine Schwelle tritt! Es müsste denn schicklicher sein, ihn mir durch Bedienten aus dem Hause zu schaffen. – Frau von G . . . sagte, nach einer nochmaligen Überlesung des Zeitungsblattes, dass wenn sie, von zwei unbegreiflichen Dingen, einem, Glauben beimessen solle, sie lieber an ein unerhörtes Spiel des Schicksals, als an diese Niederträchtigkeit ihrer sonst so vortrefflichen Tochter glauben wolle. Doch ehe sie noch vollendet hatte, rief der Kommandant schon: tu mir den Gefallen und schweig! und verließ das Zimmer. Es ist mir verhasst, wenn ich nur davon höre.

Wenige Tage nachher erhielt der Kommandant, in Beziehung auf diesen Zeitungsartikel, einen Brief von der Marquise, in welchem sie ihn, da ihr die Gnade versagt wäre, in seinem Hause erscheinen zu dürfen, auf eine ehrfurchtsvolle und rührende Art bat, denjenigen, der sich am Dritten morgens bei ihm zeigen würde, gefälligst zu ihr nach V . . . hinauszuschicken. Die Obristin war gerade gegenwärtig, als der Kommandant diesen Brief empfing; und da sie auf seinem Gesicht deutlich bemerkte, dass er in seiner

Empfindung irre geworden war: denn welch ein Motiv jetzt, falls es eine Betrügerei war, sollte er ihr unterlegen, da sie auf seine Verzeihung gar keine Ansprüche zu machen schien? so rückte sie, dadurch dreist gemacht, mit einem Plan hervor, den sie schon lange, in ihrer von Zweifeln bewegten Brust, mit sich herumgetragen hatte. Sie sagte, während der Obrist noch, mit einer nichts sagenden Miene, in das Papier hineinsah: sie habe einen Einfall. Ob er ihr erlauben wolle, auf einen oder zwei Tage, nach V... hinauszufahren? Sie werde die Marquise, falls sie wirklich denjenigen, der ihr durch die Zeitungen, als ein Unbekannter, geantwortet, schon kenne, in eine Lage zu versetzen wissen, in welcher sich ihre Seele verraten müsste, und wenn sie die abgefeimteste Verräterin wäre. Der Kommandant erwiderte, indem er, mit einer plötzlich heftigen Bewegung, den Brief zerriss: sie wisse, dass er mit ihr nichts zu schaffen haben wolle, und er verbiete ihr, in irgendeine Gemeinschaft mit ihr zu treten. Er siegelte die zerrissenen Stücke ein, schrieb eine Adresse an die Marquise, und gab sie dem Boten, als Antwort, zurück. Die Obristin, durch diesen hartnäckigen Eigensinn, der alle Möglichkeit der Aufklärung vernichtete, heimlich erbittert, beschloss ihren Plan jetzt, gegen seinen Willen, auszuführen. Sie nahm einen von den Jägern des Kommandanten, und fuhr am nächstfolgenden Morgen, da ihr Gemahl noch im Bette lag, mit demselben nach V... hinaus. Als sie am Tore des Landsitzes angekommen war, sagte ihr der Türsteher, dass niemand bei der Frau Marquise vorgelassen würde. Frau von G... antwortete, dass sie von dieser Maßregel unterrichtet wäre, dass er aber gleichwohl nur gehen, und die Obristin von G... bei ihr anmelden möchte. Worauf dieser versetzte, dass dies zu nichts helfen würde, indem die Frau Marquise keinen Menschen auf der Welt spräche. Frau von G... antwortete, dass sie von ihr gesprochen werden würde, indem sie ihre Mutter wäre, und dass er nur nicht länger säumen, und sein Geschäft verrichten möchte. Kaum aber war noch der Türsteher zu diesem, wie er meinte, gleichwohl vergeblichen Versuche ins Haus gegangen, als man schon die Marquise daraus hervortreten, nach dem Tore eilen, und sich auf Knien vor dem Wagen der Obristin niederstürzen sah. Frau von G... stieg, von ihrem Jäger unterstützt, aus, und hob die Marquise, nicht ohne einige Bewegung, vom Boden auf. Die Marquise drückte sich, von Gefühlen überwältigt, tief auf ihre Hand hinab, und führte sie, indem ihr die Tränen häufig flossen, ehrfurchtsvoll in die Zimmer ihres Hauses. Meine teuerste Mutter! rief sie, nachdem sie ihr den Diwan angewiesen hatte, und noch vor ihr stehen blieb, und sich die Augen trocknete: welch ein glücklicher Zufall ist es, dem ich Ihre, mir unschätzbare Erscheinung verdanke? Frau von G... sagte, indem sie ihre Tochter vertraulich fasste, sie müsse ihr nur sagen, dass sie komme, sie wegen der Härte, mit welcher sie aus dem väterlichen Hause verstoßen worden sei, um Verzeihung zu bitten. Verzeihung! fiel ihr die Marquise ins Wort, und wollte ihre Hände küssen. Doch diese, indem sie den Handkuss vermied, fuhr fort: denn nicht nur, dass die, in den letzten öffentlichen Blättern eingerückte, Antwort auf die bewusste Bekanntmachung, mir sowohl als dem Vater, die Überzeugung von deiner Unschuld gegeben hat, so muss ich dir auch eröffnen, dass er sich selbst schon, zu unserm großen und freudigen Erstaunen, gestern im Hause gezeigt hat. Wer hat sich –? fragte die Marquise, und setzte sich bei ihrer Mutter nieder; welcher er selbst hat sich gezeigt –? und Erwartung spannte jede ihrer Mienen. Er, erwiderte Frau von G . . ., der Verfasser jener Antwort, er persönlich selbst, an welchen dein Aufruf gerichtet war. – Nun denn, sagte die Marquise, mit unruhig arbeitender Brust: wer ist es? Und noch einmal: wer ist es? – Das, erwiderte Frau von G... möchte ich dich erraten lassen. Denn denke, dass sich gestern, da wir beim Tee sitzen, und eben das sonderbare Zeitungsblatt lesen, ein Mensch, von unsrer genauesten Bekanntschaft, mit Gebärden der Verzweiflung ins Zimmer stürzt, und deinem Vater, und bald darauf auch mir, zu Füßen fällt. Wir, unwissend, was wir davon denken sollen, fordern ihn auf, zu reden. Darauf spricht er: sein Gewissen lasse ihm keine Ruhe; er sei der Schändliche, der die Frau Marquise betrogen, er müssen wissen, wie man sein Verbrechen beurteile, und wenn Rache über ihn verhängt werden solle, so komme er, sich ihr selbst darzubieten. Aber wer? wer? wer? versetzte die Marquise. Wie gesagt, fuhr Frau von G . . . fort, ein junger, sonst wohlerzogener Mensch, dem wir eine solche Nichtswürdigkeit niemals zugetraut hätten. Doch erschrecken wirst du nicht, meine Tochter, wenn du erfährst, dass er von niedrigem Stande, und von allen Forderungen, die man sonst an deinen Gemahl machen dürfte, entblößt ist. Gleichviel, meine vortreffliche Mutter, sagte die Marquise, er kann nicht ganz unwürdig sein, da er sich Ihnen früher als mir, zu Füßen geworfen hat. Aber, wer? wer? Sagen Sie mir nur: wer? Nun denn, versetzte die Mutter, es ist Leopardo, der Jäger, den sich der Vater jüngst aus Tirol verschrieb, und den ich, wenn du ihn wahrnahmst, schon mitgebracht habe, um ihn dir als Bräutigam vorzustellen. Leopardo, der Jäger! rief die Marquise, und drückte ihre Hand, mit dem Ausdruck der Verzweiflung, vor die Stirn. Was erschreckt dich? fragte die Obristin. Hast du Gründe, daran zu zweifeln? – Wie? Wo? Wann? fragte die Marquise verwirrt. Das, antwortete jene, will er nur dir anvertrauen. Scham und Liebe, meinte er, machten es ihm unmöglich, sich einer andern hierüber zu erklären, als dir. Doch wenn du willst, so öffnen wir das Vorzimmer, wo er, mit klopfendem Herzen, auf den Ausgang wartet; und du magst sehen, ob du ihm sein Geheimnis, indessen ich abtrete, entlockst. – Gott, mein Vater! rief die Marquise; ich war einst in der Mittagshitze eingeschlummert, und sah ihn von meinem Diwan gehen, als ich erwachte! – Und damit legte sie ihre kleinen Hände vor ihr in Scham erglühendes Gesicht. Bei diesen Worten sank die Mutter auf Knien vor ihr nieder. O meine Tochter! rief sie; o du Vortreffliche! und schlug die Arme um sie. Und o ich Nichtswürdige! und verbarg das Antlitz in ihren Schoß. Die Marquise fragte bestürzt: was ist Ihnen, meine Mutter? Denn begreife, fuhr diese fort, o du Reinere als Engel sind, dass von allem, was ich dir sagte, nichts wahr ist; dass meine verderbte Seele an solche Unschuld nicht, als von der du umstrahlt bist, glauben konnte, und dass ich dieser schändlichen List erst bedurfte, um mich davon zu überzeugen. Meine teuerste Mutter, rief die Marquise, und neigte sich voll froher Rührung zu ihr herab, und wollte sie aufheben. Jene versetzte darauf: nein, eher nicht von deinen Füßen weich ich, bis du mir sagst, ob du mir die Niedrigkeit meines Verhaltens, du Herrliche, Überirdische, verzeihen kannst. Ich Ihnen verzeihen, meine Mutter! Stehen Sie auf, rief die Marquise, ich beschwöre Sie – Du hörst, sagte Frau von G…, ich will wissen, ob du mich noch lieben, und so aufrichtig verehren kannst, als sonst? Meine angebetete Mutter! rief die Marquise, und legte sich gleichfalls auf Knien vor ihr nieder; Ehrfurcht und Liebe sind nie aus meinem Herzen gewichen. Wer konnte mir, unter so unerhörten Umständen, Vertrauen schenken? Wie glücklich bin ich, dass Sie von meiner Unsträflichkeit überzeugt sind! Nun denn, versetzte Frau von G…, indem sie, von ihrer Tochter unterstützt, aufstand: so will ich dich auf Händen tragen, mein liebstes Kind. Du sollst bei mir dein Wochenlager halten; und wären die Verhältnisse so, dass ich einen jungen Fürsten von dir erwartete, mit größerer Zärtlichkeit nicht und Würdigkeit könnt ich dein pflegen. Die Tage meines Lebens nicht mehr von deiner Seite weich ich. Ich biete der ganzen Welt Trotz; ich *will* keine andre Ehre mehr, als deine Schande: wenn du mir nur wieder gut wirst, und der Härte nicht, mit welcher ich dich verstieß, mehr gedenkst. Die Marquise suchte sie mit Liebkosungen und Beschwörungen ohne Ende zu trösten; doch der Abend kam heran, und Mitternacht schlug, ehe es ihr gelang. Am folgenden Tage, da sich der Affekt der alten Dame, der ihr während der Nacht eine Fieberhitze zugezogen hatte, ein wenig gelegt hatte, fuhren Mutter und Tochter und Enkel, wie im Triumph, wieder nach M ... zurück. Sie waren äußerst vergnügt auf der Reise, scherzten über Leopardo, den Jäger, der vorn auf dem Bock saß; und die Mutter sagte zur Marquise, sie bemerke, dass sie rot würde, so oft sie seinen breiten Rükken ansähe. Die Marquise antwortete, mit einer Regung, die halb ein Seufzer, halb ein Lächeln war: wer weiß, wer zuletzt noch am Dritten 11 Uhr morgens bei uns erscheint! – Drauf, je mehr man sich M ... näherte, je ernsthafter stimmten sich wieder die Gemüter, in der Vorahndung entscheidender Auftritte, die ihnen noch bevorstanden. Frau von G ..., die sich von ihren Plänen nichts merken ließ, führte ihre Tochter, da sie vor dem Hause ausgestiegen waren, wieder in ihre alten Zimmer ein; sagte, sie möchte es sich nur bequem machen, sie würde gleich wieder bei ihr sein, und schlüpfte ab. Nach einer Stunde kam sie mit einem ganz erhitzten Gesicht wieder. Nein, solch ein Thomas! sprach sie mit heimlich vergnügter Seele; solch ein ungläubiger Thomas! Hab ich nicht eine Seigerstunde gebraucht, ihn zu überzeugen. Aber nun sitzt er, und weint. Wer? fragte die Marquise. Er, antwortete die Mutter. Wer sonst, als wer die größte Ursache dazu hat. Der Vater doch nicht? rief die Marquise. Wie ein Kind, erwiderte die Mutter; dass ich, wenn ich mir nicht selbst hätte die Tränen aus den Augen wischen müssen, gelacht hätte, so wie ich nur aus der Türe heraus war. Und das wegen meiner? fragte die Marquise, und stand auf; und ich sollte hier –? Nicht von der Stelle! sagte Frau von G ... Warum diktierte er mir den Brief. Hier sucht er *dich* auf, wenn er *mich*, so lange ich lebe, wieder finden will. Meine teuerste Mutter, flehte die Marquise – Unerbittlich! fiel ihr die Obristin ins Wort. Warum griff er nach der Pistole. – Aber ich beschwöre Sie – Du *sollst* nicht, versetzte Frau von G ..., indem sie die Tochter wieder auf ihren Sessel niederdrückte. Und wenn er nicht heut vor Abend noch kommt, zieh ich morgen mit dir weiter. Die Marquise nannte dies Verfahren hart und ungerecht. Doch die Mutter erwiderte: Beruhige dich – denn eben hörte sie jemand von Weitem heranschluchzen: er kömmt schon! Wo? fragte die Marquise, und horchte. Ist wer hier draußen vor der Tür; dies heftige –? Allerdings, versetzte Frau von G ... Er will, dass wir ihm die Türe öffnen. Lassen Sie mich! rief die Marquise, und riss sich vom Stuhl empor. Doch: wenn du mir gut bist, Julietta, versetzte die Obristin, so bleib; und in dem Augenblick trat auch der Kommandant schon, das Tuch vor das Gesicht haltend, ein. Die Mutter stellte sich breit vor ihre Tochter, und kehrte ihm den Rücken zu. Mein teuerster Vater! rief die Marquise, und streckte ihre Arme nach ihm aus. Nicht von der Stelle, sagte Frau von G . . ., du hörst! Der Kommandant stand in der Stube und weinte. Er soll dir abbitten, fuhr Frau von G . . . fort. Warum ist er so heftig! Und warum ist er so hartnäckig! Ich liebe ihn, aber dich auch; ich ehre ihn, aber dich auch. Und muss ich eine Wahl treffen, so bist du vortrefflicher, als er, und ich bleibe bei dir. Der Kommandant beugte sich ganz krumm, und heulte, dass die Wände erschallten. Aber mein Gott! rief die Marquise, gab der Mutter plötzlich nach, und nahm ihr Tuch, ihre eigenen Tränen fließen zu lassen. Frau von G . . . sagte: – er kann nur nicht sprechen! und wich ein wenig zur Seite aus. Hierauf erhob sich die Marquise, umarmte den Kommandanten, und bat ihn, sich zu beruhigen. Sie weinte selbst heftig. Sie fragte ihn, ob er sich nicht setzen wolle? Sie wollte ihn auf einen Sessel niederziehen; sie schob ihm einen Sessel hin, damit er sich darauf setze: doch er antwortete nicht; er war nicht von der Stelle zu bringen; er setzte sich auch nicht, und stand bloß, das Gesicht tief zur Erde gebeugt, und weinte. Die Marquise sagte, indem sie ihn aufrecht hielt, halb zur Mutter gewandt: er werde krank werden; die Mutter selbst schien, da er sich ganz konvulsivisch gebärdete, ihre Standhaftigkeit verlieren zu wollen. Doch da der Kommandant sich endlich, auf die wiederholten Anforderungen der Tochter, niedergesetzt hatte, und diese ihm, mit unendlichen Liebkosungen, zu Füßen gesunken war: so nahm sie wieder das Wort, sagte, es geschehe ihm ganz recht, er werde nun wohl zur Vernunft kommen, entfernte sich aus dem Zimmer, und ließ sie allein.

Sobald sie draußen war, wischte sie sich selbst die Tränen ab, dachte, ob ihm die heftige Erschütterung, in welche sie ihn versetzt hatte, nicht doch gefährlich sein könnte, und ob es wohl ratsam sei, einen Arzt rufen zu lassen? Sie kochte ihm für den Abend alles, was sie nur Stärkendes und Beruhigendes aufzutreiben wusste, in der Küche zusammen, bereitete und wärmte ihm das Bett, um ihn sogleich hineinzulegen, sobald er nur, an der Hand der Tochter, erscheinen würde, und schlich, da er immer noch nicht kam, und schon die Abendtafel gedeckt war, dem Zimmer der Marquise zu, um doch zu hören, was sich zutrage? Sie vernahm, da sie mit sanft an die Tür gelegtem Ohr horchte, ein leises, eben verhallendes Gelispel, das, wie es ihr schien, von der Marquise kam; und, wie sie durchs Schlüsselloch bemerkte, saß sie auch auf des Kommandanten Schoß, was er sonst in seinem Leben nicht zugegeben hatte. Drauf endlich öffnete sie die Tür, und sah nun – und das Herz quoll ihr vor Freuden empor: die Tochter still, mit zurückgebeugtem Nacken, die Augen fest geschlossen, in des Vaters Armen liegen; indessen dieser, auf dem Lehnstuhl sitzend, lange, heiße und lechzende Küsse, das große Auge voll glänzender Tränen, auf ihren Mund drückte: gerade wie ein Verliebter! Die Tochter sprach nicht, er sprach nicht; mit über sie gebeugtem Antlitz saß er, wie über das Mädchen seiner ersten Liebe, und legte ihr den Mund zurecht, und küsste sie. Die Mutter fühlte sich, wie eine Selige; ungesehen, wie sie hinter seinem Stuhle stand, säumte sie, die Lust der himmelfrohen Versöhnung, die ihrem Hause wieder geworden war, zu stören. Sie nahte sich dem Vater endlich, und sah ihn, da er eben wieder mit Fingern und Lippen in unsäglicher Lust über den Mund seiner Tochter beschäftigt war, sich um den Stuhl herumbeugend, von der Seite an. Der Kommandant schlug, bei ihrem Anblick, das Gesicht schon wieder ganz kraus nieder, und wollte etwas sagen; doch sie rief: o was für ein Gesicht ist das! küsste es jetzt auch ihrerseits in Ordnung, und machte der Rührung durch Scherzen ein Ende. Sie lud und führte beide, die wie Brautleute gingen, zur Abendtafel, an welcher der Kommandant zwar sehr heiter war, aber noch von Zeit zu Zeit schluchzte, wenig aß und sprach, auf den Teller niedersah, und mit der Hand seiner Tochter spielte.

Nun galt es, beim Anbruch des nächsten Tages, die Frage: wer nur, in aller Welt, morgen um 11 Uhr sich zeigen würde; denn morgen war der gefürchtete Dritte. Vater und Mutter, und auch der Bruder, der sich mit seiner Versöhnung eingefunden hatte, stimmten unbedingt, falls die Person nur von einiger Erträglichkeit sein würde, für Vermählung; alles, was nur immer möglich war, sollte geschehen, um die Lage der Marquise glücklich zu machen. Sollten die Verhältnisse derselben jedoch so beschaffen sein, dass sie selbst dann, wenn man ihnen durch Begünstigungen zu Hülfe käme, zu weit hinter den Verhältnissen der Marquise zurückblieben, so widersetzten sich die Eltern der Heirat; sie beschlossen, die Marquise nach wie vor bei sich zu behalten, und das Kind zu adoptieren. Die Marquise hingegen schien willens, in jedem Falle, wenn die Person nur nicht ruchlos wäre, ihr gegebenes Wort in Erfüllung zu bringen, und dem Kinde, es koste was es wolle, einen Vater zu verschaffen. Am Abend fragte die Mutter, wie es denn mit dem Empfang der Person gehalten werden solle? Der Kommandant meinte, dass es am schicklichsten sein würde, wenn man die Marquise um 11 Uhr allein ließe. Die Marquise hingegen bestand darauf, dass beide Eltern, und auch der Bruder, gegenwärtig sein möchten, indem sie keine Art des Geheimnisses mit dieser Person zu teilen haben wolle. Auch meinte sie, dass dieser Wunsch sogar in der Antwort derselben, dadurch, dass sie das Haus des Kommandanten zur Zusammenkunft vorgeschlagen, ausgedrückt scheine; ein Umstand, um dessentwillen ihr gerade diese Antwort, wie sie frei gestehen müsse, sehr gefallen habe. Die Mutter bemerkte die Unschicklichkeit der Rollen, die der Vater und der Bruder dabei zu spielen haben würden, bat die Tochter, die Entfernung der Männer zuzulassen, wogegen sie in ihren Wunsch willigen, und bei dem Empfang der Person gegenwärtig sein wolle. Nach einer kurzen Besinnung der Tochter ward dieser letzte Vorschlag endlich angenommen. Drauf nun erschien, nach einer, unter den gespanntesten Erwartungen zugebrachten, Nacht der Morgen des gefürchteten Dritten. Als die Glocke elf Uhr schlug, saßen beide Frauen, festlich, wie zur Verlobung angekleidet, im Besuchszimmer; das Herz klopfte ihnen, dass man es gehört haben würde, wenn das Geräusch des Tages geschwiegen hätte. Der elfte Glockenschlag summte noch, als Leopardo, der Jäger, eintrat, den der Vater aus Tirol verschrieben hatte. Die Weiber erblassten bei diesem Anblick. Der Graf F . . ., sprach er, ist vorgefahren, und lässt sich anmelden. Der Graf F . . .! riefen beide zugleich, von einer Art der Bestürzung in die andre geworfen. Die Marquise rief: Verschließt die Türen! Wir sind für ihn nicht zu Hause; stand auf, das Zimmer gleich selbst zu verriegeln, und wollte eben den Jäger, der ihr im Wege stand, hinausdrängen, als der Graf schon, in genau demselben Kriegsrock, mit Orden und Waffen, wie er sie bei der Eroberung des Forts getragen hatte, zu ihr eintrat. Die Marquise glaubte vor Verwirrung in die Erde zu sinken; sie griff nach einem Tuch, das sie auf dem Stuhl hatte liegen lassen, und wollte eben in ein Seitenzimmer entfliehn; doch Frau von G . . ., indem sie die Hand derselben ergriff, rief: Julietta –! und wie erstickt von Gedanken, ging ihr die Sprache aus. Sie heftete die Augen fest auf den Grafen und wiederholte: ich bitte dich, Julietta! indem sie sie nach sich zog: wen erwarten wir denn –? Die Marquise rief, indem sie sich plötzlich wandte: nun? doch ihn nicht –? und schlug mit einem Blick funkelnd, wie ein Wetterstrahl, auf ihn ein, indessen Blässe des Todes ihr Antlitz überflog. Der Graf hatte ein Knie vor ihr gesenkt; die rechte Hand lag auf seinem Herzen, das Haupt sanft auf seine Brust gebeugt, lag er, und blickte hochglühend vor sich nieder, und schwieg. Wen sonst, rief die Obristin mit beklemmter Stimme, wen sonst, wir Sinnberaubten, als ihn –? Die Marquise stand starr über ihm, und sagte: ich werde wahnsinnig werden, meine Mutter! Du Törin, erwiderte die Mutter, zog sie zu sich, und flüsterte ihr etwas in das Ohr. Die Marquise wandte sich, und stürzte, beide Hände vor das Gesicht, auf den Sofa nieder. Die Mutter rief: Unglückliche! Was fehlt dir? Was ist geschehn, worauf du nicht vorbereitet warst? –

Der Graf wich nicht von der Seite der Obristin; er fasste, immer noch auf seinen Knien liegend, den äußersten Saum ihres Kleides, und küsste ihn. Liebe! Gnädige! Verehrungswürdigste! flüsterte er: eine Träne rollte ihm auf die Wangen herab. Die Obristin sagte: stehn Sie auf, Herr Graf, stehn Sie auf! Trösten Sie jene; so sind wir alle versöhnt, so ist alles vergeben und vergessen. Der Graf erhob sich weinend. Er ließ sich von Neuem vor der Marquise nieder, er fasste leise ihre Hand, als ob sie von Gold wäre, und der Duft der seinigen sie trüben könnte. Doch diese –: gehn Sie! gehn Sie! gehn Sie! rief sie, indem sie aufstand; auf einen Lasterhaften war ich gefasst, aber auf keinen – – – Teufel! öffnete, indem sie ihm dabei, gleich einem Pestvergifteten, auswich, die Tür des Zimmers, und sagte: ruft den Obristen! Julietta! rief die Obristin mit Erstaunen. Die Marquise blickte, mit tötender Wildheit, bald auf den Grafen, bald auf die Mutter ein; ihre Brust flog, ihr Antlitz loderte: eine Furie blickt nicht schrecklicher. Der Obrist und der Forstmeister kamen. Diesem Mann, Vater, sprach sie, als jene noch unter dem Eingang waren, kann ich mich nicht vermählen! griff in ein Gefäß mit Weihwasser, das an der hinteren Tür befestigt war, besprengte, in einem großen Wurf, Vater und Mutter und Bruder damit, und verschwand.

Der Kommandant, von dieser seltsamen Erscheinung betroffen, fragte, was vorgefallen sei; und erblasste, da er, in diesem entscheidenden Augenblick, den Grafen F . . . im Zimmer erblickte. Die Mutter nahm den Grafen bei der Hand und sagte: frage nicht; dieser junge Mann bereut von Herzen alles, was geschehen ist; gib deinen Segen, gib, gib: so wird sich alles noch glücklich endigen. Der Graf stand wie vernichtet. Der Kommandant legte seine Hand auf ihn; seine Augenwimpern zuckten, seine Lippen waren weiß, wie Kreide. Möge der Fluch des Himmels von diesen Scheiteln weichen! rief er: wann gedenken Sie zu heiraten? – Morgen, antwortete die Mutter für ihn, denn er konnte kein Wort hervorbringen, morgen oder heute, wie du willst; dem Herrn Grafen, der so viel schöne Beeiferung gezeigt hat, sein Vergehen wieder gutzumachen, wird immer die nächste Stunde die liebste sein. – So habe ich das Vergnügen, Sie morgen um 11 Uhr in der Augustinerkirche zu finden! sagte der Kommandant; verneigte sich gegen ihn, rief Frau und Sohn ab, um sich in das Zimmer der Marquise zu verfügen, und ließ ihn stehen.

Man bemühte sich vergebens, von der Marquise den Grund ihres sonderbaren Betragens zu erfahren; sie lag im heftigsten Fieber, wollte durchaus von Vermählung nichts wissen, und bat, sie allein zu lassen. Auf die Frage: warum sie denn ihren Entschluss plötzlich geändert habe? und was ihr den Grafen gehässiger mache, als einen andern? sah sie den Vater mit großen Augen zerstreut an, und antwortete nichts. Die Obristin sprach: ob sie vergessen habe, dass sie Mutter sei? worauf sie erwiderte, dass sie, in diesem Falle, mehr an sich, als ihr Kind, denken müsse, und nochmals, indem sie alle Engel und Heiligen zu Zeugen anrief, versicherte, dass sie nicht heiraten würde. Der Vater, der sie offenbar in einem überreizten Gemütszustande sah, erkärte, dass sie ihr Wort halten müsse; verließ sie, und ordnete alles, nach gehöriger schriftlicher Rücksprache mit dem Grafen, zur Vermählung an. Er legte demselben einen Heiratskontrakt vor, in welchem dieser auf alle Rechte eines Gemahls Verzicht tat, dagegen sich zu allen Pflichten, die man von ihm fordern würde, verstehen sollte. Der Graf sandte das Blatt, ganz von Tränen durchfeuchtet, mit seiner Unterschrift zurück. Als der Kommandant am andern Morgen der Marquise dieses Papier überreichte, hatten sich ihre Geister ein wenig beruhigt. Sie durchlas es, noch im Bette sitzend, mehrere Male, legte es sinnend zusammen, öffnete es, und durchlas es wieder; und erklärte hierauf, dass sie sich um 11 Uhr in der Augustinerkirche einfinden würde. Sie stand auf, zog sich, ohne ein Wort zu sprechen, an, stieg, als die Glocke schlug, mit allen Ihrigen in den Wagen, und fuhr dahin ab.

Erst an dem Portal der Kirche war es dem Grafen erlaubt, sich an die Familie anzuschließen. Die Marquise sah, während der Feierlichkeit, starr auf das Altarbild; nicht ein flüchtiger Blick ward dem Manne zuteil, mit welchem sie die Ringe wechselte. Der Graf bot ihr, als die Trauung vorüber war, den Arm; doch sobald sie wieder aus der Kirche heraus waren, verneigte sich die Gräfin vor ihm: der Kommandant fragte, ob er die Ehre haben würde, ihn zuweilen in den Gemächern seiner Tochter zu sehen, worauf der Graf etwas stammelte, das niemand verstand, den Hut vor der Gesellschaft abnahm, und verschwand. Er bezog eine Wohnung in M . . ., in welcher er mehrere Monate zubrachte, ohne auch nur den Fuß in des Kommandanten Haus zu setzen, bei welchem die Gräfin zurückgeblieben war. Nur seinem zarten, würdigen und völlig musterhaften Betragen überall, wo er mit der Familie in irgendeine Berührung kam, hatte er es zu verdanken, dass er, nach der nunmehr erfolgten Entbindung der Gräfin von einem jungen Sohne, zur Taufe desselben eingeladen ward. Die Gräfin, die, mit Teppichen bedeckt, auf dem Wochenbette saß, sah ihn nur auf einen Augenblick, da er unter die Tür trat, und sie von Weitem ehrfurchtsvoll grüßte. Er warf unter den Geschenken, womit die Gäste den Neugebornen bewillkommten, zwei Papiere auf die

Wiege desselben, deren eines, wie sich nach seiner Entfernung auswies, eine Schenkung von 20 000 Rubel an den Knaben, und das andere ein Testament war, in dem er die Mutter, falls er stürbe, zur Erbin seines ganzen Vermögens einsetzte. Von diesem Tage an ward er, auf Veranstaltung der Frau von G . . ., öfter eingeladen; das Haus stand seinem Eintritt offen, es verging bald kein Abend, da er sich nicht darin gezeigt hätte. Er fing, da sein Gefühl ihm sagte, dass ihm von allen Seiten, um der gebrechlichen Einrichtung der Welt willen, verziehen sei, seine Bewerbung um die Gräfin, seine Gemahlin, von Neuem an, erhielt, nach Verlauf eines Jahres, ein zweites Jawort von ihr, und auch eine zweite Hochzeit ward gefeiert, froher, als die erste, nach deren Abschluss die ganze Familie nach V . . . hinauszog. Eine ganze Reihe von jungen Russen folgte jetzt noch dem Ersten; und da der Graf, in einer glücklichen Stunde, seine Frau einst fragte, warum sie, an jenem fürchterlichen Dritten, da sie auf jeden Lasterhaften gefasst schien, vor ihm, gleich einem Teufel, geflohen wäre, antwortete sie, indem sie ihm um den Hals fiel: er würde ihr damals nicht wie ein Teufel erschienen sein, wenn er ihr nicht, bei seiner ersten Erscheinung, wie ein Engel vorgekommen wäre.

ZUR TEXTGESTALTUNG

Als Textvorlage dieser Ausgabe dienten die von Helmut Sembder 1961 auf der Grundlage der Erstdrucke und Handschriften in zwei Bänden herausgegebenen „Sämtlichen Werke und Briefe“ von Kleist. Der Text wurde den neuen amtlichen Rechtschreibregeln behutsam angepasst.

NACHWORT

Bernd Heinrich Wilhelm von Kleist wurde am 18. Oktober 1777 in Frankfurt an der Oder als Sohn eines Kompaniechefs geboren. Als er 11 Jahre alt war, verlor er den Vater. Mit 15 Jahren wurde er Soldat, im folgenden Jahr starb seine Mutter. Nach Beförderungen zum Fähnrich und zum Sekondeleutnant erhielt er 1799 den erbetenen Abschied vom Militär, legte die Reifeprüfung ab und studierte in Frankfurt/Oder drei Semester Physik, Mathematik, Kulturgeschichte, Naturrecht und Latein. Als knapp Dreiundzwanzigjähriger verlobte er sich mit Wilhelmine v. Zenge und unternahm 1800 eine Reise über Potsdam, Leipzig, Dresden und Bayreuth nach Würzburg. In Berlin bereitete er sich anschließend auf den Staatsdienst vor (Fabrikwesen). Die Bekanntschaft mit Kants Philosophie zerstörte seine Lebenszuversicht („Mein einziges, mein höchstes Ziel ist gesunken"). Mit Ulrike, einer Stiefschwester aus der ersten Ehe seines Vaters, unternahm er 1801 eine Reise nach Paris. Im folgenden Jahr entstanden auf der Delosea-Insel bei Thun die Anfänge der Dramen „Robert Guiskard" und „Der zerbrochne Krug". Dann wurde die Verlobung gelöst. Nach weiteren Reisen (in die Schweiz, nach Italien, erneut nach Paris) bewarb er sich in Berlin um eine Anstellung im Zivildienst und wurde im folgenden Jahr in der Finanzverwaltung beschäftigt, sodann bei der Königsberger Domänenverwaltung. Hier entstand sein berühmter Aufsatz „Über die allmähliche Verfertigung der Gedanken beim Reden". 1806 wurde Kleist aus Gesundheitsgründen beurlaubt; Preußen wurde von Napoleon nach der Schlacht bei Jena erobert. Im Jahre 1807 wurde Kleist auf einer Reise von Berlin nach Dresden (also von Preußen nach Sachsen) von den Franzosen als Spion verhaftet und in Fort de Joux bei Pontarlier gefangen gehalten. Erst im Juli wurde er aus dem Kriegsgefangenenlager Châlons sur Marne entlassen.

In den nächten Jahren gab er die Literaturzeitschrift „Phöbus" heraus, in deren zweitem Heft 1808 „Die Marquise von O . . ." erschien, hier noch mit dem Untertitel „Nach einer wahren Begebenheit". Auch andere eigene Werke oder Fragmente davon erschienen in dieser Zeitschrift; außerdem bemühte Kleist sich um die Aufführung seiner Theaterstücke und gab die erste täglich erscheinende Zeitung Berlins heraus: die „Berliner Abendblätter". Hier erschienen seine „Anekdoten" meist als Füllsel der Lücken, die die preußische Zensurbehörde in der Zeitung verursacht hatte. 1811 wurde Kleists bedeutendstes und bis in unser Jahrhundert heftig umstrittenes Theaterstück, „Prinz Friedrich von Homburg", vollendet. Am 21. November 1811 verübte Kleist am Wannsee Selbstmord.

Der erste Satz dieser Erzählung gibt dem Leser bereits die entscheidende Information, sodass Kleist im Folgenden analytisch vorgehen kann – ein Verfahren, das aus der dramatischen Dichtung bekannt ist – hier sei etwa auf Sophokles' „Ödipus" (Hamburger Leseheft 182) oder auf Kleists Lustspiel „Der zerbrochne Krug" (Hamburger Leseheft 33) hingewiesen. Die Hervorhebung des Grafen bei den dramatischen Ereignissen in der eroberten Festung, Kleists Rückgriff auf ihn, seine befremdliche Werbung fallen angesichts des begrenzten Figurenaufgebots ins Auge. Dennoch bleibt genügend Raum für unerwartete Handlungsteile. Die Aufmerksamkeit des Lesers gilt der Psyche der Mutter wider besseres Wissen, der Frage, wie sie ihr unheimliches Schicksal meistert. Selbst heute, wo dem unehelichen Kind und seiner Mutter kein Makel mehr anhaftet, haben die Seelenkämpfe der Marquise (und teilweise auch ihrer Eltern) nichts von ihrer Sprengkraft verloren. Von überzeitlicher Gültigkeit, für uns heute erst so recht zu erfassen ist der schöne Satz über Julietta: „Durch diese schöne Anstrengung mit sich selbst bekannt gemacht . . .“

Zunächst wird dem Leser Kleists Sprache auffallen: lange, umständlich verschachtelte Satzgefüge – erst bei näherem Zusehen wird deutlich, wie präzise und sorgfältig Kleist die Worte gesetzt hat. Das wimmelt von Konjunktionen, Appositionen und Partizipgruppen. Auffällig und eigenwillig, abweichend von den heutigen Regeln, ist auch Kleists Zeichensetzung: die Kommata unterwerfen den Sprachfluss logischen Gesetzen, gliedern ihn rhythmisch und inhaltbezogen. Diese charakteristische Zeichensetzung wurde nicht den Regeln der neuen amtlichen Rechtschreibung angepasst, um den Schülern einen unverfälschten Eindruck zu vermitteln.

Die Sprache hat für Kleist eine besondere Bedeutung, wie er denn auch die Rolle des Sprechens für das Vorantreiben und Abschließen eines Gedankens eigens in einem Aufsatz untersucht. Er versteht den Menschen als ein auf Gemeinsamkeit, auf Verständigung angewiesenes Wesen. Demgemäß scheitert auch Graf F . . ., weil er in seinem Ungestüm das Wort nicht findet – sodass letzten Endes die Marquise wie auch er zum Instrument der öffentlichen Mitteilung in der Zeitungsanzeige greifen müssen. Dem Menschen ist die Sprache gegeben, um sich auszudrücken, sich anderen mitzuteilen – so wie er seinerseits andere dann am besten verstehen kann, wenn sie sich sprechend ihm zuwenden und sich ihm erschließen. Als negatives Beispiel sei hier der Kommandant von G . . . genannt, der „immer, auf eine Art, die einem Befehle gleich sah, zu schweigen“ bat und sich so dem Dialog verweigert.

WORTERKLÄRUNGEN

1 *Nach einer wahren Begebenheit …* Der Zusatz steht nur in der Erstveröffentlichung 1808. Derartige Angaben, mit denen ein Erzähler die Wahrhaftigkeit v. a. skandalöser oder unwahrscheinlicher Begebenheiten beglaubigt, sind ein typisches Strukturelement von Novellen

3 *Marquise.* Markgräfin

von O … Die Abkürzung „O“ lässt sich u. a. in Bezug auf die religiöse Motivik der Novelle deuten. Im Christentum ist das Sprachzeichen „O“ ein Mariensymbol; das Andachtsbild der schwangeren Maria heißt im Spanischen „María de la O“. „O“ könnte auch für das italienische Wort „oro“ = „Gold“ stehen, denn das Motiv des Reichtums und des Geldes spielt in der Novelle ebenso eine zentrale Rolle, vgl. auch S. 35, Zeile 8

Zitadelle. Festungsanlage

Haubitzenspiel. Überfall mit Steilfeuergeschützen

4 *Rotte.* abfällig für: Gruppe, Schar

Pardon. hier so viel wie: ehrenvolle Gefangenschaft

Detachement. Kommando, Truppenteil

5 *Arsenal.* Waffenlager

Graf F … Der Buchstabe „F“ wird oft als Abkürzung für das lateinische Wort „fecit“ gedeutet, zu Deutsch: ‚er hat (es) getan‘, was auf die Rolle des Grafen bei der Schwangerschaft der Marquise verweisen würde

revidieren. überprüfen

Rapport. dienstliche Meldung

6 *Reverbere.* Straßenlampe

Korps. Heeresabteilung

7 *Phantasus, Morpheus.* die Söhne des Schlafgottes Somnus

10 *obwalten.* vorherrschen

General en Chef. Kommandierender General, Oberbefehlshaber

11 *Expedition.* hier so viel wie: Beförderung, Transport

Kassation. unehrenvolle Entlassung aus dem militärischen Dienst

12 *Domestike.* Dienstbote

Portefeuille. im ursprünglichen Sinne: Tasche mit Briefschaften

Platz. so viel wie: Stadt

14 *infam.* besonders schändlich

17 *Konsulta.* ungewöhnliche Form für: Beratung und deren Ergebnis

18 *konvulsivisch.* krampfartig zuckend

Wochenlager. Entbindung

20 *Korsar.* Pirat, Seeräuber (hier für: Vater des Kindes)

27 *Zeitungstag.* die meisten Zeitungen erschienen nicht täglich, sondern periodisch (z. B. wöchentlich)

Cherub. das Paradies bewachender Engel

Forderungen. d. h. er kann solche Anforderungen nicht erfüllen

30 *Affekt.* starke Gemütserregung

31 *Thomas.* vgl. Evangelium nach Johannes, Kap. 20, Vers 25

Seiger. Uhr, so viel wie: eine geschlagene Stunde

33 *eingefunden.* so viel wie: angeschlossen

ruchlos. niedrig, gemein

35 *Furie.* Rachegöttin, wütendes Weib